백지공포증이 있는
대학생을 위한 글쓰기

북오션은 책에 관한 아이디어와 원고를 설레는 마음으로 기다리고 있습니다. 책으로 만들고
싶은 아이디어가 있으신 분은 이메일(bookrose@naver.com)로 간단한 개요와 취지, 연락처
등을 보내주세요. 머뭇거리지 말고 문을 두드리세요. 길이 열릴 것입니다.

백지공포증이 있는
대학생을 위한 글쓰기

초판 1쇄 인쇄 | 2010년 1월 25일
초판 3쇄 발행 | 2012년 4월 10일
지은이 | 장미영
펴낸이 | 박영욱
펴낸곳 | 북오션

경영총괄 | 정희숙
기획·홍보 | 유나리·원종경
책임편집 | 이상모
편집 | 권기우·주재명
마케팅 | 최석진
디자인 | 서정희·최희선·박진희

주　소 | 서울시 마포구 서교동 468-2번지
이메일 | bookrose@naver.com
트위터 | @Book_ocean
페이스북 | bookocean
카　페 | http://cafe.naver.com/bookrose
전　화 | 영업문의 : 02-322-6709　　편집문의 : 02-325-5352
팩　스 | 02-3143-3964

출판신고번호 | 제313-2007-000197호

ISBN 978-89-93662-14-6 (03800)

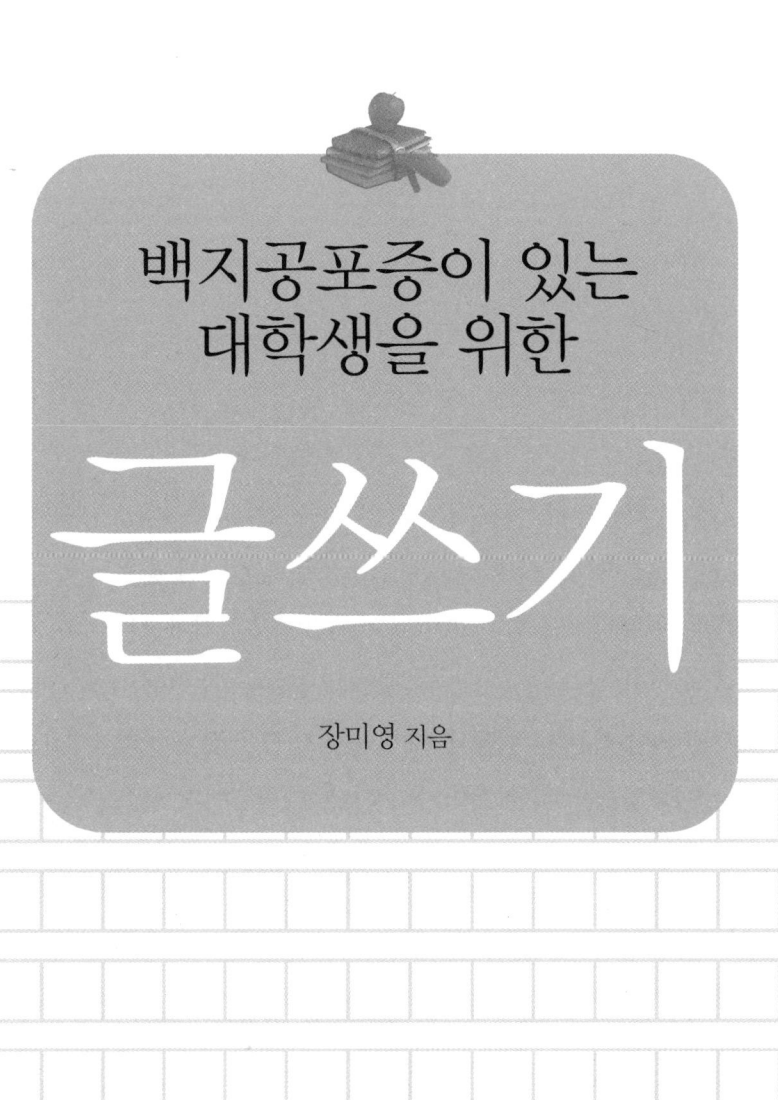

백지공포증이 있는
대학생을 위한

글쓰기

장미영 지음

북오션

이 책을 읽는 학생들에게

이 책은 대학에서 글쓰기 수업을 진행하는 동안 경험했던 학생들의 어려움과 가르치는 입장에서 놓치기 쉬운 문제점을 함께 고민하고 해결방법을 찾아보는 데 목적이 있다. 또한 글쓰기를 왜 배워야 하는지, 무엇을 써야 하는지, 어떻게 써야 하는지 감을 잡지 못하는 대학생들을 위한 것이기도 하다. 대학생이면 글쓰기에 관한 어느 정도의 바탕은 갖추어져 있을 것이라는 예상과 달리 실제로 학생들을 지도하다 보면 그 '어느 정도 바탕'의 차이는 상상 그 이상이다.

초등학교부터 중·고등학교 과정을 거치는 동안 일기를 비롯하여 독후감, 생활문, 관찰기록문, 보고서 등 다양한 종류의 글쓰기 연습이 이루어졌을 텐데 막상 과제물을 받아보면 기대 이하인 경우가 많다. 이때 지도하는 입장에서 보면 학생들의 수준을 어떻게 나누어서 지도해야 할지 막막하다.

　일반적으로 글쓰기와 관련된 수업의 경우 학생들의 수준과 상관없이 일괄적으로 구성된다. 학생들 중에는 글쓰기 교육의 필요성을 적극적으로 수용하거나, 수동적으로 학점을 채우기 위해 마지못해 듣는 경우가 있다. 비율로 따져보면 후자 쪽이 더 많을 것이다. 이러한 상황에서 학생들의 학습 동기를 유발하며 실력 향상을 도모하기란 매우 어려운 일이다.

　글쓰기 교육에 관한 솔직한 대화를 나누다 보면 심지어 글쓰기가 싫다고 말하는 학생도 있다. 그러나 그 학생의 말을 곰곰이 새겨들어 보면 본인도 잘 쓰고 싶지만 엄두가 안 나고, 과연 글쓰기가 연습으로 좋아질 수 있을까 하는 의심 때문에 미리 포기한다는 사실을 알 수 있다. 이때 학생에게 해줄 수 있는 조언은 자신이 원하든, 원하지 않든 대학생활에서 글쓰기는 필수 사항이며 어떤 형태로든 글쓰기와 관련이 있다는 사실

을 확인시켜주는 것이다. 물론 사회생활로 이어진다는
사실도 빼놓지 않는다.

"열심히 노력해서 실력이 좋아진 학생들은 이미 잘할
수 있는 능력을 가지고도 미처 발휘하지 못했을 뿐이지
원래 타고난 능력이 있는 것 같다"라는 학생의 말이 기
억에 남는다. 그렇기 때문에 모든 학생이 노력한다고 좋
아지는 것은 아니라는 시큰둥한 태도를 보며 자칫 글쓰
기 교육 자체를 부정하는 것은 아닐까 우려가 되었다.

이 학생의 말은 글쓰기 능력은 타고 난 사람과 그렇
지 못한 사람으로 나누어지며 노력으로 바꿀 수 있는
문제가 아니라는 것이다. 물론 문학적 글쓰기라면 이
학생의 말이 맞을 수 있다. 그러나 우리가 대학에서 가
르치는 글쓰기는 개인의 문학적 표현능력에 초점이 맞
춰져 있지 않다. 글의 종류에 따라 다르겠지만 대학에
서 학생들에게 요구하는 글쓰기 능력은 문장의 아름다
움이 아니다.

대학에서 글쓰기 교육은 의사소통의 한 방편이며,
학문을 학습하고 이해하기 위해 갖추어야 할 기본 덕

목이다. 대학을 다니는 목적은 학생마다 다를 수 있으며 배우고자 하는 것도 학생의 관심에 따라 다양하다. 그러나 대학의 기본 전제는 다양한 방식의 학습이 이루어지는 공간이자 과정이라는 점이다. 이때 학습이 학문적인 것만을 의미하지는 않는다.

대학 교육은 전공 분야에 대한 전문적인 지식을 갖춘 지도교수를 통한 지식의 습득 과정에서 이루어질 수 있고, 다양한 인물들과의 관계를 형성하는 가운데 인간관계에 대한 학습이 이루어지기도 한다. 형태의 차이를 전제한다고 하더라도 학습과정은 공통의 원리가 있으며 그 규칙을 따른다. 이런 점에서 볼 때 글쓰기 교육은 단순히 '리포트 작성'에 국한된 것이 아닌 보다 포괄적인 활동과 과정이 포함되어 있다는 것을 염두에 두고 시작해야 한다.

그렇다면 대학에서 글쓰기 과제의 목적은 무엇일까? 각각의 주제는 주관하는 학과나 학문에 따라 다르지만, '어떤 주제에 대해서 논리적이고 체계적으로 접근하여 자신의 입장이나 생각을 펼치는 가운데 상대방과 소통하는 과정'이라는 공통점을 찾을 수 있다. 글쓰기가 소통의 과정이라면 글쓰기를 교육받는다는 것이 무엇을 의미하는지 다시 생각해 볼 필요가 있다.

글쓰기 교육이 단지 글을 쓰는 기능의 연마에 있다면 쓰기와 관련된 기능적인 것만을 배우면 될 것이다. 그러나 글쓰기 교육은 기능을 쌓는 기술적인 학습이 아닌 요구에 맞춘 대응전략이자 소통과정이다. 소통과정에서 고려해야 할 점은 일방적으로 문제에 대한 답을 쓰는 것과는 다른 전략이 필요하다.

원활한 소통을 위해서는 다음 사항을 고려해서 글을 써야 한다.

첫째, 상대방과 나는 같은 언어 규범을 공유해야 한다. 언어 규범을 공유한다는 것은 문장의 구성, 문법체계, 어문규정, 띄어쓰기 등 정확한 표현을 위한 최소한의 규칙은 알고 써야 한다는 뜻이다.

둘째, 상대방이 이 과제를 요구하는 이유가 무엇인지 생각하고 글을 써야 한다. 이를 위해서는 과제를 통해 도달하고자 하는 교육목표가 무엇인지 생각해 보아야 한다. 교육목표는 매주 강의 주제를 통해서 확인할 수 있다. 과제는 학습과 관련하여 학습 효과를 증진시키기 위한 목적으로 부과된다.

셋째, 상대가 요구하는 글의 형식이 무엇인지 정확하게 알고 써야 한다. 가령 상대방은 나의 생각을 묻기도 하고, 무엇에 대해서 조사하거나 요약하라는 등 어떻게 써야 하는지 구체적인 방법을 제시한다.

넷째, 제출된 과제는 평가의 근거가 된다는 점을 잊어서는 안 된다. 나와 주변 친구들이 큰 차이가 나지 않는 것처럼 보일지 모르지만 평가자는 작은 차이도 한눈에 알아챌 수 있다.

다섯째, 아는 게 적으면 쓸 내용도 적다. 아무리 형식을 잘 갖추고, 표현이 매끄러워도 내용이 부실하다면 좋은 평가를 기대하기 어렵다. 또한 자신이 알고 있는 내용을 충분히 표현하는 능력도 길러야 한다.

글쓰기 교육을 전공과 따로 생각하거나 번거로운 일로 생각해서는 안 된다. 글쓰기 교육은 자신이 하고 싶은 일을 잘하고, 얼마나 잘하고 있는지 자신과 타인과 소통하기 위한 도구이다. 글쓰기 자체를 목표로 생각하지 않아도 된다. 글쓰기를 직업으로 삼는 사람이 아니라면 이는 자신에 대한 오해 없이 세상과 소통하기 위한 도구이고, 대학생활 동안 피할 수 없는 과정이다. 피할 수 없다면 즐겨라!

이 책은 즐기기 어려운, 아니 즐기고 싶으나 흥이 나지 않는 친구들을 위해 만들었다. 남들은 다 기본이라고 건너뛰지만 반드시 확인해야 할 사항과 최소한 글쓰기 때문에 더 중요한 것을 포기하지 않기 위해 지켜야 할 규칙이 무엇인지 알아보고, 간단한 실전 연습을 통해 글쓰기에 대한 두려움을 떨쳐냈으면 좋겠다.

여기에 나온 사례 중에는 학생들이 제출한 과제가 많은데, 글쓰기와 관련한 책을 쓸 때 활용하고자 미리 양해를 구해 놓았다. 이 학생들의 적극적인 수업 참여와 허락이 없었다면 쉽지 않았을 것이다. 이 자리를 빌려 '나의 학생들'에게 고맙다는 말을 전한다.

학생들에게 글쓰기를 가르치는 일은 무척 부담스럽고 어려운 일이다. 왜냐하면 글쓰기는 언어적인 규칙만 안다고 잘 가르칠 수 없기 때문이다. 필자에게 학생들을 가르치는 일은 나 자신을 깨치고, 소통하고, 함께 나누며 느끼는 기쁨, 슬픔, 좌절, 희망의 순간들이다. 강의 첫 시간 출석부의 이름을 부르며 '내 학생'이 되었음을 선언하고 서로 특별한 관계임을 강요한다. 그렇게 매주 학생들의 이름을 부르다가 강의 마지막 시간에 서로 해방을 선언하지만, 한번 학생과 선생은 영원한 관계라며 헤어짐을 아쉬워하곤 한다.

이 책은 준비가 덜 된 학생들에게 충분히 알려주지 못했딘 글쓰기 내용과 방법 위주로 구성하였다. 중간에 나오는 연습문제를 직접 풀어 보면 글쓰기에 대한 두려움을 없애는 데 도움이 될 것이다. 아울러 이 책을 통해 대학에서 요구하는 글쓰기를 터득할 수 있기 바란다.

장미영

글쓰기 비밀 키워드

글을 보면 글쓴이의 전인성(全人性)을 알 수 있다고 한다. 즉, 한 편의 글에는 글쓴이의 세계관, 세상과의 소통과 이해가 드러난다는 말이다. 결국 글을 잘 쓴다는 것은 글쓴이의 삶에 대한 통찰이 드러나 있고, 자신을 속이지 않는 진정성을 회복했을 때 가질 수 있는 능력이다. 삶의 진정성 회복은 자신을 인정하고, 인간에 대한 사랑과 유연하고 창조적인 상상력을 통해 가능해진다. 세상이 아무리 정신없이 돌아간다고 해도 정신의 휴식과 안정을 찾을 수 있는 사색이야말로 꼭 챙겨야 할 덕목이다. 자신의 내면이 충만해야 글이 풍부하고 정갈해진다. 내면이 안정되었다면 구체적인 실천 방법으로 책 읽기, 문화체험, 신문 읽기, 한자 익히기, 다큐멘터리 시청, 관찰하기, 메모하기, 생각하기를 권한다.

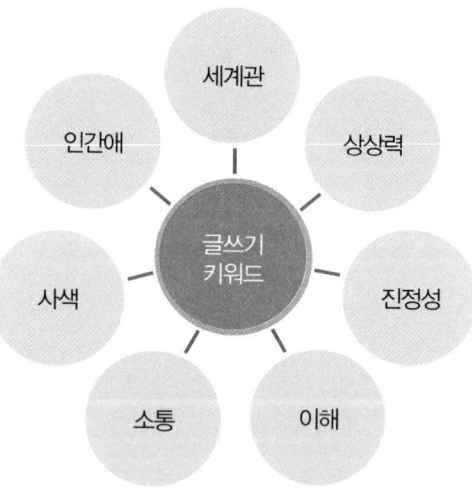

1% 리포트 작성 비법

1 독자 설정하기

누가 글을 읽을 것인지 구체적으로 독자를 설정한다. 독자에 따라 논의의 깊이와 범위가 정해진다. 예를 들면 대학에서 리포트는 교수가 읽고 평가한다.

2 글의 목적 파악하기

주어진 과제의 목적이 무엇인지 정확하게 알고 작성해야 한다. 단순한 자료 조사인지, 자신의 견해를 묻고 있는지, 객관적 사실을 정리하는 것인지에 따라 서술이 달라진다.

3 연구 주제 작게 쪼개기

연구 주제가 광범위하면 논의에 집중하기 어렵다. 주어진 주제 중에 자신이 가장 잘 알고 있고, 논증할 수 있는 것으로 한정해야 한다.

4 개요 작성하기

개요 작성은 글의 설계도를 미리 그려보는 것과 같다. 밑그림을 그려봐야 글의 전체 흐름을 가늠할 수 있고, 일관성을 유지할 수 있다.

5 주장 내세우기

남의 글만 잔뜩 나열하지 말고 자신의 생각이 무엇인지 구체적으로 밝혀야 한다. 소박하지만 자신의 견해가 드러나야 진짜 내 글이다.

6 연구 방법 제시하기

직관에 의지하기에는 아직 지식이 턱없이 부족하다. 막연한 생각을 풀어놓지 말고 확실한 연구 방법을 통한 결과를 제시해야 한다.

7 소리 내서 읽고 고쳐쓰기

다 쓴 글은 반복해서 소리 내어 읽어보고, 고쳐쓰기를 해야 한다. 반복해서 고치면 처음보다 훨씬 다듬어진 글을 완성할 수 있다.

차례

chapter

01

지피지기 백전불태
知彼知己 百戰不殆

누구를 위한 글쓰기인가?

나의 글쓰기 능력은?

대학은 글쓰기로 시작해서 글쓰기로 끝난다

글쓰기는 의사소통이다

누구를 위한
글쓰기인가?

  '리포트? 대충하면 되지'라고 생각하는 학
생이 있다. 만약 다른 사람을 위한 일이라면 때로 대
충해도 괜찮을지도 모르겠다. 그러나 잘 생각해 보자.
대학에서 리포트를 잘 쓰는 것이 누구를 위한 일인가?
대학에서 요구하는 글쓰기는 바로 학생들의 실력을
향상시키고 학문적인 이해를 돕기 위해 요구되는 과
제이다.

  대학에서 수업을 들으면 반드시 한 학기에 최소한
한두 가지 이상의 과제를 제출해야 한다. 이때 제출하
는 과제는 글쓰기를 통해 확인되며 학점을 받기 위한

목적 이상의 의미를 갖는다. 만약 좋은 학점을 받기 위해서라면 제 날짜에 제출하고, 걸리지만 않는다면 다른 학생의 과제를 베껴서 낸다거나 남들의 연구를 잘 짜깁기해서 낼 수도 있다. 그러나 당신에게 부여된 과제는 단순히 결과물만을 평가하는 것이 아닌, 글을 통해 자신의 생각과 그것을 뒷받침하는 증거를 제시하는 과정이 논리적으로 구성되어 있는지 여부까지도 평가의 대상으로 삼는다. 또한 내용면에서는 현재 진행되고 있는 과목에 대한 이해가 어느 정도 진전되었으며 학습이 되었는가를 확인한다.

그러므로 대학의 글쓰기 과제는 자신이 배우고 있는 학문을 얼마나 잘 이해하고 학습하고 있는가를 보여준다. 글쓰기는 정도의 차이를 전제한다고 하더라도 공부와 긴밀한 관련이 있다. 과제로 주어진 주제에 대해서 글을 쓴다는 것은 논리적으로 그 학문의 지식 체계를 확인하고 체계적으로 접근하는 방법을 배우는 것과 같다.

과거에는 정보의 습득과 공유과정이 극히 제한적으로 특정 사람에게 허락되었으나, 오늘날은 일반인 누구나 다양한 정보를 습득할 수 있고 접근이 쉬워지면서 단순한 지식 습득보다 창조적인 생산에 초점을 맞추고 있다. 따라서 대학의 교육은 과거보다 더욱 정교하고 창조적인 활동을 지향한다. 학생들에게 요구되는 글쓰기 능력은 개인의 적극적인 의사 표현이나 전달을 위한 언어 행위일 뿐만 아니라, 사고의 축적을 통한 새로움의 창조과정으로 이어진다는 점에서 주요한 능력으로 평가받고 있다.

대학 수업에서 글쓰기 과제는 수업마다 각각 다른 유형의 글을 요구한다. 글쓰기에 대한 요구조건과 평가기준도 각기 달라서 수업마다 어떻게 써야 할지 고민하다 보면, 어느새 머리가 지끈지끈 아파오고 공부를 시작하기도 전에 글쓰기에 대한 두려움으로 결국 포기하고 마는 경우도 생긴다.

글쓰기를 포기하는 것은 자신의 실력을 발휘하지도 못한 채 무능한 학생으로 대학생활에 종지부를 찍는 일과 같다. 대학생활에 필요한 글쓰기 능력이 정해진 원리만 배우면 익힐 수 있는 것인지 반신반의하는 학생들이 많다. 그러나 다양한 학생들을 지도해 온 필자의 경험으로 비추어 보았을 때, 방법을 배우고 글쓰기에 대한 두려움을 떨쳐버린다면 충분히 좋은 결과를 기대할 수 있다.

글을 잘 쓰는 학생들은 자기에게 주어진 과제를 해결하기 위한 정보와 절차를 잘 알고 있으며, 자신이 무엇을 써야 하는지 이해하고 있어 과제를 두려워하지 않는다. 반면에 글쓰기를 어려워하는 학생들은 교수가 요구하는 것이 무엇인지조차 알지 못하며, 필요한 자료를 찾아내고 효과적인 전달 방법을 모색하는 글쓰기 과정보다 글쓰기 과제 자제를 겁내는 경우가 많다.

글쓰기는 당신의 생각을 문장으로 표현하는 일이므로 문법적인 사항보다 생각과 타당성이 더 중요하다. 이제는 초등학교 때 받았던 받아쓰기 점수는 잊어도 좋다. 많은 수의 학생들은 문법에 자신이 없어서 글쓰기를 두려워한다. 그러나 그것은 글쓰기의 궁극적인 목적을 잘못 판단한 것이다. 당신이 겁내는 문법과 문장 쓰기가 글쓰기의 전부는 아니다. 그렇다고 마냥 소홀히 생각해도 된다는 말은 아니다. 다만 문법적인 것이 글쓰기의 전부는 아니라는 점을 기억하라는 말이다.

글쓰기를 할 때 중요한 것은 주어진 과제를 통해서 묻고 있는 바가 무엇인지 정확하게 파악하고, 본인의 생각을 얼마나 논리적으로 타당한 자료를 근거로 삼아서 표현할 수 있느냐 하는 것이다. 또한 과제를 부여한 교수의 요구에 부합하는 자료를 찾아서 얼마나 체계적으로 제시할 것인가에 집중해야 한다. 교수가 요구하는 사항이 무엇인지 정확하게 파악한 후에 자신이 할 수 있는 만큼 하면 된다.

글쓰기는 대학에 다니는 동안 늘 당신을 따라 다닐 것이다. 피할 수 없다면 현실을 인정하고 하루라도 빨리 글쓰기 방법을 배우고 익히는 것이 낫다. 과락을 면하기 위해 마지못해서 하는 과제물은 글쓰기 실력을 향상시키지 못한다. 한 가지의 과제라도 본인이 적극적으로 참여하여 완성해 보라. 다음 과제가 훨씬 수월하게 느껴질 것이다.

글쓰기는 아무리 능숙한 사람이라도 쉽지 않다. 당신만 글쓰기가 어렵고 잘 안 되는 것이 아니라, 대다수의 사람들이 당신과 비슷한 어려움을 호소하고 실제로 잘 쓰지 못한다. 계속 이렇게 고통 속에서 헤맬 것인가 아니면 과감히 떨쳐 일어날 것인가는 당신의 선택에 달려 있다. 글쓰기는 자신이 어렵다고 생각하면 한없이 어려운 과제지만, 할 수 있다는 자신감만 있으면 어떻게 쓸지에 관한 방법은 얼마든지 찾아낼 수 있다.

세상엔 글쓰기 능력을 타고 난 사람도 있고 그렇지 못한 사람도 있다. 스스로 노력이 필요한 사람이라는 사실을 있는 그대로 인정하고 시작하면 된다. 모든 형태의 글을 능숙하게 잘 쓸 수 있다면 더 이상 바랄 것이 없겠지만, 최소한 글쓰기 때문에 자신이 하고 싶은 일을 포기하는 일은 없어야 한다.

대학에서 글쓰기는 학생들이 학문을 배우고 이해하기 위한 과정의 일부분이며, 지적 교류를 위한 중요한 방법 중 하나이다. 같은 주제에 대해서도 당신과 동료들이 조사 발표한 내용이 다르고, 입장도 다를 것이다. 서로 다른 생각을 밝히고 토의를 거쳐 발전적인 결론에 도달하는 과정은 바로 학습의 과정으로 이어진다.

이처럼 대학 수업은 자신의 생각과 타인의 생각을

교류하고 발전시키는 가운데 지식을 쌓는 과정으로 진행된다. 이때 발표를 위해 준비하는 원고도 글쓰기와 관련된 활동이다. 글을 완전하게 준비하지 못하면 토의에 참여하기도 어렵다. 수업에 능숙하게 참여하기 위해서 자신의 생각을 구체적으로 정리하고 근거가 될 만한 자료를 확보해야 한다.

고등학교 때와 달리 대학에서는 당신이 공부를 하거나 그렇지 않거나 상관하지 않으며, 누군가 일일이 경고하거나 지도해 주지도 않는다. 모든 일을 스스로 판단하고 해결해 나가야 한다. 학생들 중에는 입시를 준비하느라 밀어두었던 자유를 만끽하고자 자신의 본분을 종종 망각하는데, 모든 행동의 책임은 본인이 져야 한다는 사실을 안다면 쉽게 행동할 수 없을 것이다. 대학에서 무조건 공부만 해야 한다는 것은 아니다. 다만 적어도 자신이 지금 하고 있는 행동의 의미를 알고 있어야 한다는 뜻이다. 또한 당신 스스로 시간과 행동을 관리하지 않으면 대학 4년은 생각보다 빨리 지나가고 남는 것도 적다.

대학에서의 4년은 당신이 사회구성원으로서 활용할

고등의 학문을 배우고 익히는 시간이다. 이 시간을 허비한다면 사회에 나갈 준비가 부족하고, 경쟁력을 쌓는 데 추가의 시간과 노력이 필요하게 될 것이다. 당신이 갖춰야 할 능력 중에 하나가 의사소통 능력이며, 이것은 곧 글쓰기와 관련이 있다. 이러한 맥락에서 글쓰기를 과제로 한정해서 생각하지 말고 자신의 경쟁력 차원에서 능동적으로 다시 생각해 볼 필요가 있다.

● 당신이 대학에서 배우고 싶은 것이 무엇인지 써 보자.

● 대학 졸업 후 당신이 꿈꾸는 삶은 어떤 모습인지 구체적으

로 써 보자.

나의 글쓰기
능력은?

내학에 들어와서 처음 수업에 참여하게 뇌었을 때를 상상해 보라. 교수는 '학생들이 이 정도는 알겠지' 하고 생소한 용어를 줄줄이 나열하고 옆의 친구들은 고개를 끄덕인다. 나만 소외되고 있다는 느낌은 앞으로 진행될 수업에 대한 두려움과 불안으로 이어져서 학습 의지를 꺾고 말 것이다. 수업을 따라가는 것도 익숙하지 않은 상태에서 주어진 과제는 당신을 당황스럽게 만들지도 모른다. 아직 자신의 능력이 어느 정도인지 가늠할 수 없는 상태에서 글쓰기 과제는 부담스럽고 피하고 싶은 일이다. 그렇다고 기한이 정해진 과제를 마냥 미룰 수도 없다. 이때 당신은 차근차근 자신의 글쓰기 능력을 확인한 후 부족한 점은 무엇이며, 어떤 방향으로 수정해야 할 것인지 확인해야 한다.

다음 글쓰기 자가진단표를 작성해 보면 자신이 글을 잘 쓰는 사람에 속하는지 아니면 못 쓰는 사람에 속하는지 확인할 수 있을 것이다. 이 결과에 따라 당신이 노력해야 할 구체적인 영역이 드러날 것이다.

글을 잘 쓰는 사람의 좋은 습관에는 글을 못 쓰는 사람이 놓치고 있는 것들이 많다. 두 가지 진단표를 교차 확인해 보면 본인이 글을 잘 쓰는 사람에 속하는지 그 반대 경우인지 알 수 있다. 어느 한 쪽만 확인해도 자신의 상태를 확인할 수 있는데 굳이 두 가지를 모두 점검하는 것은 당신이 글을 잘 쓰기 위해 지키고 있는 것과 문제점을 정확히 집어내기 위해서이다.

당신이 점검할 진단표는 글쓰기를 잘하기 위해 알아야 할 기초지식을 제공하고, 문제점을 진단하는 데 목적이 있다. 솔직하고 정확하게 검사를 해야 당신의 문제점을 알고 바로잡을 수 있다. 완전하게 알고, 실천하고 있지 않다면 과감히 ×를 표시하라.

● 글쓰기 능력 자가진단표 ㅣ 글을 잘 쓰는 사람

예비단계

❶ 글의 목적과 의도를 분명히 알고 있다. ☐

❷ 자기 글의 독자가 누군지 미리 생각한다. ☐

❸ 관련 자료를 충분히 수집한다. ☐

❹ 다양한 아이디어를 떠올리며 꾸준히 메모한다. ☐

❺ 자신의 경험을 글과 관련시켜 이해하려고 애쓴다. ☐

❻ 친구들과 이야기를 나눈다. ☐

❼ 직접 쓰는 시간보다 준비하는 데 많은 시간을 투자한다. ☐

❽ 모인 자료와 메모를 검토하고 분류할 줄 안다. ☐

글쓰기

❾ 글을 쓰기 전에 글의 전체적인 개요를 짠다. ☐

❿ 전체 흐름에 따라 초고 형태로 미리 써 본다. ☐

⓫ 빨리 시작하고 천천히 마무리한다. ☐

퇴고하기

⓬ 초고를 완성한 후에는 고쳐쓰기를 한다. ☐

⓭ 세부적인 내용보다 전체적인 유기적 관계를 먼저 검토한다. ☐

⓮ 소리 내어 읽으면서 수정한다. ☐

⓯ 문장의 리듬은 물론 글 전체의 유기적 관계를 생각한다. ☐

⓰ 맞춤법, 어휘, 문장, 단락의 관계와 통일성 등을 염두에 두면서 효과적인 표현 방법을 찾는다. ☐

⓱ 제목이 적절한지 검토한다. ☐

⓲ 글자 크기와 모양, 여백, 줄과 행의 간격 등 편집 디자인을 고려한다. ☐

⓳ 다른 사람에게 내 글을 읽어보도록 한다. ☐

⓴ 다른 사람의 조언에 마음이 상하지 않는다. ☐

〉〉〉 나의 글쓰기 점수는?

- 15개 이상 : 당신은 이미 글쓰기 준비가 충분한 상태이다. 지금의 태도를 유지하면서 꾸준히 연습한다면 능숙하게 글을 쓸 수 있다.

- 10개 이상~15개 미만 : 당신은 글쓰기에 대한 두려움이 없다. 방법적인 면만 보완하면 된다. 주어진 과제에 맞는 방법을 찾아서 써보는 연습이 필요하다.

- 5개 이상~10개 미만 : 당신은 글쓰기를 위한 기초 작업을 확인할 필요가 있다. 글쓰기는 마음만가지고 잘 쓸 수 없다. 단계에 따라 확인해야 할사항이 있다. 그것이 무엇인지 점검해야 한다.

- 5개 미만 : 당신은 글쓰기 준비가 부족하다. 자신의 부족한 점을 확인한 후, 전체적으로 수정할 필요가 있다. 급하게 생각하지 말고 차근차근 단계별로 확인하고 시작해야 한다.

다음으로 글을 못 쓰는 사람들의 문제점이 무엇인지 짚고 넘어갈 필요가 있다. 질문사항을 살펴보면 글을 못 쓰는 사람은 글쓰기의 방법과 내용 때문에 고민하지 않고 과제 자체에 대한 부담감에 매달려 시간을 보낸다는 것을 알 수 있다. 사정이 이렇다 보니 문제는 해결되지 않고 오히려 악순환이 반복되는 상태에 빠지게 된다. 문제에 직접 맞닥뜨려 해결방법을 찾아야 하는 시간의 대부분을 근심하는 데 보내고 있다.

● 글쓰기 능력 자가진단표 I 글을 못 쓰는 사람

예비단계	❶ 글의 목적이 뚜렷하지 않다.	☐
	❷ 독자를 고려하지 않는다.	☐
	❸ 어떤 자료를 수집해야 할지 모르겠다.	☐
	❹ 무엇을 써야 할지 몰라 허비하는 시간이 더 많다.	☐
	❺ 글을 시작하기까지 많은 시간이 걸린다.	☐
	❻ 글쓰기 자체에 대한 스트레스에 더 시달린다.	☐
	❼ 제출일까지 글쓰기를 미룬다.	☐
글쓰기	❽ 개요를 짜지 않고 바로 글쓰기에 돌입한다.	☐
	❾ 도서관보다 인터넷에 더 의존한다.	☐
	❿ 겨우 몇 줄 쓰고 나면 더 이상 쓸 말이 없다.	☐
	⓫ 생각은 있는데 표현이 안 된다.	☐
	⓬ 문장을 어디서 끊어야 할지 모르겠다.	☐
	⓭ 한 단락이 끝나고 나면 다음 단락을 어떻게 시작해야 할지 모른다.	☐
	⓮ 쓰다 보면 글의 방향이 이상하게 흘러간다.	☐
	⓯ 전체적인 흐름보다 부분에 집착한다.	☐
	⓰ 제목을 구체적으로 달지 않는다.	☐
	⓱ 글의 흐름이 매끄럽지 못하다.	☐
퇴고하기	⓲ 한 번 완성하면 다시 고쳐 쓰지 않는다.	☐
	⓳ 명백한 오자, 비문 등이 자주 발견된다.	☐
	⓴ 편집 디자인을 고려하지 않는다.	☐

>>> 나의 글쓰기 점수는?

- 15개 이상 : 당신은 글쓰기에 대한 준비가 전혀 되어 있지 않다. 처음 시작하는 마음으로 기초부터 시작해야 한다. 조금씩 나아질 거라는 안이한 생각은 버리고 나쁜 습관은 바로 고쳐야 한다.

- 10개 이상~15개 미만 : 당신은 글쓰기에 대한 두려움에 사로잡혀 있다. 자신감을 회복하기 위해 글쓰기 예비작업과 기초학습에 주력한다.

- 5개 이상~10개 미만 : 당신은 아직 글쓰기 준비가 많이 부족한 상태이다. 자신의 문세점을 정확히 일아야 한다. 항목별로 확인하고 대응 방법을 숙지해야 한다.

- 5개 미만 : 당신은 글쓰기를 위한 마음의 준비는 되어 있다. 이제 구체적인 방법을 찾으면 된다. 글쓰기를 적극적으로 시도하고 점검해야 한다. 1차 점검은 본인이 해도 되지만, 2차 점검은 동료나 담당 교수에게 부탁해서 고쳐쓰기를 해야 한다.

당신의 글쓰기 실력은 어느 정도인가? 상대를 알고 나를 안다면 문제해결이 훨씬 쉽게 이루어질 것이다. 당신이 처해 있는 문제를 확인하고 바로 수정할 수 있어야 한다. 자꾸 뒤로 미루다 보면 나쁜 습관이 몸에 배서 쉽게 고쳐지지 않는다. 글쓰기에 관한 나쁜 습관이 몸에 배기 전에 좋은 습관을 들이면 된다. 글을 잘 쓰는 사람들이 글을 쓰기 전, 글을 쓰는 동안, 글을 다 쓰고 난 후에 어떻게 하는가 살펴보라.

그들은 예비 작업을 충분히 하고 관련 자료를 도서관에서 수집하며, 쓰는 동안 전체적인 맥락과 내용을 살피고, 다 쓴 후에도 고쳐쓰기를 통해 실수를 최소화한다. 그들과 비교해 보면 자신의 문제를 정확하게 알 수 있고, 구체적인 해결방법도 찾을 수 있다.

- 예비 작업이 부족한가?
- 어떻게 써야 할지 방법을 모르겠는가?
- 자료를 어떻게 모아야 할지 모르겠는가?
- 다 쓴 글을 어떻게 고쳐 써야 하는지 방법을 모르겠는가?

글쓰기 문제에 대한 해결방법은 Chapter 3에서 함께 찾아보도록 하자. 여기에서 중요한 것은 자신의 문제점을 확인하는 일이다. 이 책을 읽고 있는 당신은 아직 자신의 문제가 무엇인지조차 모르고 막연히 글쓰기에 대한 두려움에 떨고 있었을지 모른다.

이제 자신감을 가져라! 자신의 문제점을 알았다면 이미 해결의 실마리를 찾은 것이나 마찬가지이다. 글쓰기를 잘하기 위해 당신은 과제를 능동적으로 받아들이고, 해결방법을 찾아 나설 것이다. 중도에 포기하지 않는다면 틀림없이 조금씩 나아지고 있는 사신을 발견할 수 있을 것이다.

● 당신이 발견한 자신의 글쓰기 문제점은 무엇인지 써 보자.

● 문제점을 해결하기 위한 구체적인 방법을 써 보자.

대학은
글쓰기로 시작해서
글쓰기로 끝난다

대학에 처음 가서 대학생이 되었다는 사실을 실감하기도 전에 다음 시간까지 글쓰기 과제를 제출하라고 한다면 당신은 아마 무엇을 어떻게 써야 할지 몰라 당황스러울 것이다. 고등학교 때까지는 이미 나와 있는 자료를 보기 좋게 정리해서 제출하면 되었지만, 대학에서 글쓰기는 그때와는 다르다. 동료들이 제출하는 과제물과 내가 제출하는 것이 크게 달라 보이지 않지만, 좀 더 면밀하게 살펴보면 차이가 난다. 이 차이는 시각적으로 구성과 양으로 드러난다.

글쓰기를 처음 하는 학생들은 우선 정해진 양을 다

채우지 못한다. 학생들이 과제의 양을 채우지 못하는 이유는 조금씩 다르겠지만 공통적으로 무엇을 어떻게 써야 할지 몰라 대충 마무리해서 제출하는 경우가 많기 때문이다. 만약 당신에게 다음과 같은 과제가 부과된다면 어떻게 하겠는가?

>>> 사례

교수 : 다음 시간까지 자신을 소개하는 글을 A4용지 한 장 분량으로 써오세요.

학생 : ?

대부분의 학생들은 자기소개서를 생년월일, 가정환경, 출신학교, 기대하는 대학생활에 대해서 순서대로 적어서 제출한다. 여기서 잠깐! 자신을 소개하라고 했을 때 교수는 당신에게 무엇을 기대하고 있을까? 교수의 입장에서 다시 생각해 보자.

우선 자기를 소개하는 글의 목적을 먼저 생각했어야 한다. 자신을 소개한다는 것은 나를 잘 모르는 사람들에게 자신을 알리는 기회이다. 이때 중요한 것은 나라는 사람이 어떤 사람인지 각인시킬 수 있어야 한다는 점이다. 돌이켜 보면 자기소개 시간을 통해 기억에 남았던 동료는 많지 않을 것이다. 이와 반대로 다른 동료와 달리 독특하게 자기소개를 했던 친구에 대해서는 깊은 인상을 받았거나 오랫동안 기억하고 있을 것이다. 이 두 경우의 차이점은 무엇일까?

당신이 제출하는 글은 담당 교수가 읽게 될 것이다. 교수는 많은 학생들을 일일이 기억하기 쉽지 않으며, 각자 처한 상황과 고려해야 할 사항에 대한 충분한 정보를 얻을 수 없다. 다만 수업을 통해 수상생의 학과와 학년, 이름 정도가 학생에 관한 정보의 전부이다.

그러므로 당신이 제출하는 자기소개서는 학생에 관한 깊이 있는 정보를 얻을 수 있는 좋은 기회이다. 반대로 학생 입장에서는 교수에게 자신을 알릴 수 있는 절호의 기회이기도 하다. 이런 기회를 남들 다 쓰는 정도로, 아니 그보다 못하게 작성해 제출한다면 당신에 대한 인상은 제출한 글만큼이나 부실하게 남을 것이다. 자기를 소개하는 글을 최선을 다해 작성해야 하는 이유가 여기에 있다. 이 글을 통해서 당신이 보이는 인상이 전부가 아닌 꽤 흥미로운 학생이라는 것을 교수에게 알려야 한다. 지금까지 어떻게 살아왔으며, 자신의 관심분야, 앞으로의 포부, 인생관 등이 드러나도록 적극적으로 작성해야 한다.

자신에 대한 정보는 직접적으로 "나는 성실하다, 나는 꿈이 있다, 열심히 하겠다"는 서술로 전달하지 말고, 성실함, 장래희망, 노력 정도를 한 장의 사진처럼 보여줄 수 있어야 한다. 문자로 쓴 사진을 상상해 보라. 선명하게 자신을 가장 잘 드러낼 수 있는 일화를 기억해 내고, 구체적인 서술을 통해 표현할 수 있어야 한다.

교수가 자기소개서를 첫 번째 과제로 낸 이유와 목적을 알았다면 기대에 부응하는 내용과 형식을 갖추기 위한 방법과 절차를 알면 된다. 이제 자기를 소개하는 글을 쓰는 목적과 누가 읽을지 알았다면 구체적인 작성 방법에 대해 알아보자. 가장 처음 해야 할 일은 자신에 관한 다양한 자료를 모으는 일이다.

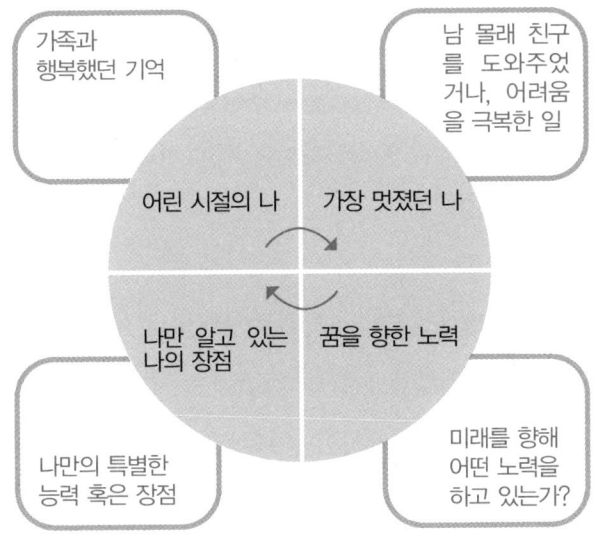

가족과
행복했던 기억

남 몰래 친구를 도와주었거나, 어려움을 극복한 일

어린 시절의 나   가장 멋졌던 나

나만 알고 있는 나의 장점   꿈을 향한 노력

나만의 특별한 능력 혹은 장점

미래를 향해 어떤 노력을 하고 있는가?

Point ﹁ '나'에 대한 자료를 모아라.

　자신을 소개하는 글을 쓰면서 "게으름, 약속을 잘
안 지킴, 의지력 약함, 친구 사귀기가 어려움" 등을 적
는다면 다른 장점이 아무리 많다고 해도 남들은 자신이
직접 밝힌 단점에 집중하게 될 것이다. 타인에게 자신
에 대한 부정적인 인상을 남긴다면 소개글의 근본 목적
을 벗어나게 된다. 글을 쓸 때는 독자가 누구이고, 그
사람이 기대하는 것이 무엇인지 정확하게 파악하는 것

이 가장 중요하다. 그 다음에 요구에 맞는 글을 작성하는 데 필요한 자료를 모으고 구성하여 집필하면 된다. 전공과 관련한 수업에서 과제를 해야 한다면 어떻게 시작해야 할까?

전공 수업과 관련된 과제를 할 때는 각 학문마다 독특한 지식체계와 관습을 염두에 두어야 한다. 인문과학, 사회과학, 예술과학, 이공계, 사범계 등 각 계열마다 학문적 목표가 다르기 때문이다. 그러므로 각 수업에서 요구하는 글의 형식과 서술방법, 주안점도 다르다.

각 학문의 고유성은 학문마다 고유하게 사용하는 용어를 통해 드러난다. 이때 쓰이는 전문용어는 사전적 의미로 해석되지 않는 학문적 관습을 참고해야 한다. 특정한 학문에서 쓰이는 용어의 뜻을 정확하게 모른다면 전문지식을 습득하는 데 어려움이 따른다. 같은 단어라도 학문마다 다른 맥락에서 사용하는 경우가 많으므로 자신이 속한 학문영역의 전문용어를 외워야 한다. 전공과목 학습에 필요한 새로운 전문용어의 뜻을 이해하고 글쓰기에 활용할 수 있을 때 과제에 대한 자신감을 얻을 수 있다.

인문과학, 사회과학, 이공계를 포함한 자연과학, 예술과학 등이 다루는 지식의 범주가 다르듯이 글쓰기 방식에도 다소 차이가 있다. 특히 인문과학과 자연과학의 학술 논문이나 보고서의 차이는 금방 느낄 수 있다. 인문과학이 타당한 근거를 제시하여 결론을 이끌어내는 논리적 전개에 중점을 둔다면, 이공계를 포함한 자연과학은 글의 논리적 전개뿐만 아니라 도표와 그래프와 같은 시각적 자료를 제시하여 결과를 정확하게 전달하는 데 중점을 둔다. 졸업 후 직장에서도 맡은 업무에 따라 글쓰기 방식이 달라진다. 일반적으로 설계 부서에서는 시각적인 정보 전달을 위해 슬라이드를 많이 사용하지만, 인사나 기획을 담당하는 부서에서는 문서를 주로 활용한다.

글쓰기 방식과 구성은 시대적 흐름과 수용자의 요구에 따라 변하게 된다. 사회의 변화 속도가 빨라질수록 장황한 설명보다 한눈에 파악할 수 있는 글쓰기 형태를 지향하게 될 것이다. 글을 읽는 사람의 시선을 한눈에 사로잡고 전달하려는 내용이 무엇인지 드러내기 위한 방법을 익히는 것은 과제를 효율적으로 해결하는 방법의 습득뿐만 아니라 사회생활의 경쟁력이 된다. 글쓰기에 숙달된다는 것은 요구조건에 맞는 글을 쓸 줄 안다는 것을 의미한다. 이 점을 꼭 기억해야 한다.

| 과제의 학습
목표 파악 | 과제의 요구
사항 파악 | 전략적인
형식 선택 | 집필 · 수정
보완 |

Point ◤ 과제를 수행하는 절차

● 전공과 관련된 전문용어를 찾아 의미를 찾아보자.

글쓰기는
의사소통이다

21세기 인간의 삶은 20세기의 그것과는 현격하게 다른 모습으로 변하고 있다. 인간의 삶이 점차 다원화되고 다양성이 추구됨에 따라 인종과 인종이 결합되고, 국가와 국가 간의 경계가 무너지면서 인간관계는 보다 긴밀해지고 연합적인 모습을 나타낸다. 초국가, 초인류라는 말이 21세기를 결정짓는 중요한 징후로 대두되면서 삶은 보다 확장되고 서로 얽히고설킨 관계를 형성하고 있다.

이처럼 삶의 다원화는 사람과 사람, 사회와 사회, 그리고 문화와 문화의 만남을 유도하고 서로 접촉하며 공유할 수 있는 계기를 확보해 주지만 때로는 심각한 문제를 낳기도 한다. 디지털 기술의 발달은 이러한 삶의 가능성과 문제를 촉발시킨 근원이라 할 수 있다. 기술의 발달로 인해 인간과 인간이 소통하는 방식이 달라지고 첨예한 이해관계는 타인과 끊임없는 갈등 상황에 처하게 만든다.

21세기가 요구하고 필요로 하는 인재는 의사소통과 문제해결 능력이 뛰어난 사람이다. 우리나라뿐만 아니라, 전 세계적으로 이러한 능력을 지닌 인재들을 양성하기 위해 새로운 교육 시스템을 갖추고 교육의 수혜를 제공하고 있는 것은 시대적 요구를 반영한 결과라고 할 수 있다. 이러한 맥락에서 글쓰기 교육의 강화는 의사소통 능력을 증진시키기 위한 당연한 선택이다.

당신의 글쓰기는 과제의 결과물인 동시에 교수와 학생 간의 의사소통 과정이라는 점을 상기해야 한다. 교수는 학생들에게 과제를 부여하고, 학생들은 글쓰기 과정을 통해 과제를 전달한다. 이때 과제물은 교수가 학생들이 수업을 제대로 이해하고 학습 내용을 잘 따라오고 있는지 확인하는 절차이고, 학생 입장에서는 자신이 지금까지 배운 내용에 대한 학습의 결과를 바탕으로 답변하고 있는 셈이다. 이처럼 교수와 학생은 수업시간 외에 과제를 통해서도 소통하고 있다고 할 수 있다.

의사소통 과정에서 보면 글쓰기는 묻는 말에 대한 답변이 될 수 있다. 교수가 학생에게 던진 질문 속에는 드러난 것과 감추어진 것이 있다. 그러므로 드러난 질문에만 집중하다 보면 과제를 부과한 교수의 숨은 의도를 놓치기 쉽다. 교수는 과제를 통해 한 가지 사실만 확인하는 것이 아니라 과제의 완성과정까지 추측하게 된다. 학생이 인터넷에 떠도는 자료를 재구성해서 제출한 것인지, 관련 자료를 찾아서 자기 것으로 소화한 후 작성한 것인지까지도 알아챌 수 있다.

스스로도 이해하지 못한 글은 호소력이 떨어지고 진정성을 잃게 된다. 이미 다 나와 있는 결론을 다시 반복해서 쓴 과제는 참신성이 떨어지고, 학습이 뒷받침되지 못한 글은 알맹이가 빠진 가벼움을 전해준다. 스스로 자료를 찾아서 구상하고, 새롭게 쓰려고 노력한 글은 부족하더라도 글쓴이의 주장이 무엇인지 알 수 있다.

교수는 학생이 제출한 과제를 바탕으로 과제에 드러난 입장과 그에 따른 논리적 타당성을 믿을 만한 자료를 근거로 밝히고 있는지 검토한다. 학생이 주어진 과제를 해결하기 위해서 얼마나 노력을 했는지, 학습적 진전이 있는지, 문제를 해결하기 위한 새로운 시도를 하고 있는지 등 다양한 각도에서 확인하고 평가한다. 학생이 충분히 이해하고 있지 못하다면 수업을 통해 보충해 줄 것인지 추가과제를 낼 것인지 선택하게 된다. 이렇게 수업 중에 학생이 제출한 과제물은 여러 가지 용도로 활용된다.

당신이 제출한 과제를 통해 교수는 학생의 학습 이해 정도를 판단하고, 학습목표의 실제 수용 정도를 가늠한 후 개별 학생의 학습 능력을 파악하게 된다. 과제를 통해 얻어진 이러한 정보는 다시 수업에 반영되어 학습의 강도와 내실을 기하게 된다. 그러나 학생들의 과제 수행 정도를 학생 각자 수준에 맞게 적용하는 것은 아니다. 과제를 충실하게 수행한 학생에게는 가산점을 주고, 부실한 학생에게는 감점을 통해 점수로 반영한다. 과제에 배정된 점수가 얼마인지 미리 확인하

는 일은 중요하다. 배점이 높을수록 중요한 과제이며,
학습과 관련된 핵심내용이다.

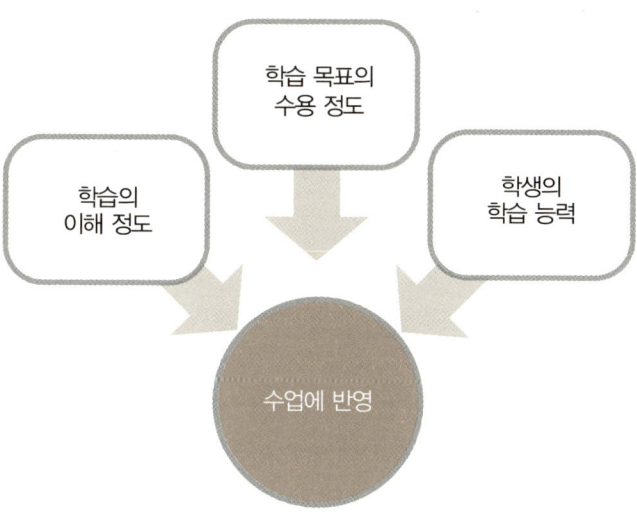

Point ↘ 과제를 통한 교수와 학생의 의사소통

　　세계 최고의 명문대학으로 손꼽히는 미국의 하버드대학에서는 매년 신입생들을 대상으로 체계적인 글쓰기 교육인 '논증적 글쓰기 수업(Expos, Expository Writing Program)'을 실시하고 있다. 하버드대학에 입학하려면 에세이 시험을 치러야 하는데, 알다시피 이 시험은 당락을 결정할 정도로 매우 큰 비중을 차지하고 있다. 그래서 하버드를 지원하고자 하는 학생들은 고교 때부터 철저하게 글쓰기 훈련을 한다. 그럼에도 불구하고 하버드대학에 입학한 학생들을 대상으로 엄격한 글쓰기 교육을 하는 이유가 무엇일까?

　　그 해답은 하버드를 졸업생의 사회 진출과 연결 지어 생각해 볼 수 있다. 현재 하버드대학을 졸업한 학생들은 미국 내는 물론 세계 각지의 지도자로 역량을 발휘하며 활동하고 있다. 사회의 지도자에게 필수불가결한 요건으로 전문지식, 문제해결 능력, 의사소통 능력, 자기표현 능력, 윤리의식 등을 들 수 있는데, 그중 글쓰기는 의사소통 능력, 자기표현 능력과 관련이 있다. 훌륭한 지도자는 대중과 소통하며 그들을

아이비리그의 글쟁이들

이끌 수 있어야 한다. 이들의 말 한 마디, 글 한 대목은 자신은 물론 타인의 삶에 지대한 영향을 미치기 때문에 누구보다도 정확한 표현 능력이 필수적이다.

MIT를 비롯한 예일, 코넬대학 등에서도 하버드와 마찬가지로 글쓰기 훈련을 강조하고 있다. 이들이 한 학기에 작성해서 제출해야 하는 글쓰기의 양은 상상을 초월한다.

하버드대학 학생들의 경우 글쓰기 수업에서 한 편당 5~10쪽 분량의 에세이 세 편을 써야 한다고 한다. 이 에세이는 한 번 쓰고 제출하는 것이 아니라 담당 교수에게 첨삭 과정을 거쳐 고쳐쓰기를 반복한 후 제출한다고 한다.

학생들은 에세이 과제를 제출하기 위해서 온라인 섹션 프로그램에서 프랑켄슈타인부터 마르크스, 대법원 상고 사건에 이르기까지 여러 가지 종류의 자료를 읽어야 한다. 또 이것을 소화하기 위해 《단편 소설의 기술》, 《표현의 자유》, 《셰익스피어》, 《인류학》, 《현대 미국 정치에서의 수사학》, 《학살의 역사》 등 다양한 분야의 책을 읽어야 한다고 한다. 이렇게 그들은 치밀한 읽기와 쓰기의 반복을 통해 사고능력과 표현능력을 연마하고 있다.

대학에서 글쓰기를 강화하는 현상은 외국 대학뿐만 아니라 국내 대학에서도 마찬가지이다. 서울대학교를 비롯한 각 대학에서는 사고와 표현센터, 글쓰기센터, 의사소통센터 등 이름은 다르지만 글쓰기 교육을 맡아서 진행하는 센터를 운영하고 있으며, 글쓰기 과정을 필수이수 과목으로 지정하여 1년 동안 교육하고 있다. 국내 대학의 글쓰기 교육은 각 학문 영역별로 이루어지고 있으며, 전공연계 논문 작성을 지도하고 있는 미국의 MIT 교육방법과는 다소 차이가 있다.

21세기는 세계화·정보화 사회로 정의되며, 그 가운데 '소통'이 중심 화두로 자리 잡고 있다. 소통은 개인과 개인, 개인과 집단, 집단과 집단 사이에서만 필요한 것이 아닌 이 시대를 살아가는 원리와도 같다. '소통'이 시대를 아우르는 원리라면 소통의 방법 또한 구체적이고 실천적인 것이 되어야 한다. 글쓰기는 이러한 시대적 요구에 맞는 소통의 방법 중 하나이다.

아이비리그의 글쟁이들

글쓰기 능력이 리더의 필수요건이라는 명분이 아니더라도 자신을 정확하게 알릴 수 있는 방법의 연마는 세상과 원만한 관계를 유지할 수 있는 도구로써 의미가 있다.

chapter

02

천리 길도
한 걸음부터

공책을 챙겨라

글쓰기를 잘할 수 있다고 믿어라

곰곰이 생각하고, 주장을 펼쳐라

자신의 생각이 맞는지 증거를 모아라

공책을 챙겨라

글쓰기를 잘하기 위해서 가장 먼저 챙겨야
할 것은 무엇일까? 우선 수업에 가지고 들어갈 공책을
한 권 챙겨라. 수업에 맨손으로 들어오는 학생들이 있
다. 전쟁터에 나가면서 무기 하나 없이 빈손으로 나서
는 것과 별반 다르지 않다. 상대를 공격할 수 있는 무
기는 아니더라도 최소한 자신을 방어할 수 있는 도구
가 필요하다. 수업 중에 들었던 낯선 어휘가 있다면 당
장은 뜻을 몰라도 메모해 두었다가 수업 후에 사전이
나 전공 관련 자료를 통해 확인해 두면 된다. 공책에는
당신이 궁금하거나 확인해야 할 사항을 적어 수업 후

에도 기억할 수 있도록 해야 한다.

대학에서 진행되는 수업은 각 분야의 전문적인 영역을 다룬다. 이때 제일 먼저 익혀야 하는 것은 수업에서 반복적으로 쓰는 어휘나 전문적인 개념어의 터득이다. 몇 개의 어휘를 정확하게 알고 있으면 수업에 훨씬 쉽게 적응할 수 있다. 대충 알고 지나가면 심화 수업을 따라갈 수 없게 된다. 개념어는 당신이 듣는 과목의 학문적 지식체계를 쌓는 벽돌과 같으며, 학문은 집짓기와 유사하다. 자신이 짓고 싶은 집이 있다면 필요한 재료를 가장 좋은 것으로 준비해야 한다. 높은 건물일수록 지하를 깊게 판다는 것을 떠올려 본다면 기초에 해당되는 어휘력을 기르는 일이 얼마나 중요한지 짐작할 수 있다.

수업의 시작은 주제와 관련된 핵심어로부터 전개된다. 대학에서 진행되는 수업은 전문용어를 많이 사용하지만, 교수는 그것을 일일이 설명하지 않는다. 일부러 알려주지 않는 것이 아니라 한 분야를 오래 연구하다 보면 '다른 사람도 이 정도는 알겠지'라고 생각한다. 그러나 이제 막 대학생활을 시작한 당신은 모르는 어휘가 많을 수밖에 없다. 그렇다고 수업시간에 모르는 어휘의 뜻을 매번 질문할 수는 없지 않은가? 당신의 질문이 다른 학생의 궁금증을 풀어줄 때도 있지만 자칫 수업을 방해할지도 모른다. 그러므로 수업과 관련된 전문용어를 메모하고 확인하는 작업이 글쓰기의 첫 번째 단계라고 할 수 있다.

당신이 모르는 용어를 정리하는 것이 첫 번째 공책 사용법이라면, 두 번째 활용은 교수가 짚어주는 핵심적인 내용을 적는 것이다. 무엇이 중요한 내용인가는 강의계획서를 통해서 미리 확인할 수 있고, 수업 중에 반복적으로 설명하는 내용을 통해 짐작할 수 있다.

교수의 설명은 단순히 새로운 사실을 알려주는 것 이상의 의미가 있다. 즉, 학생이 수업을 듣는 동안 꼭 기억해야 할 것은 나중에 시험 혹은 과제를 통해 재차 확인하고 제대로 이해하고 있는지 여부를 평가하기도 한다. 수업시간에 교수가 강조한 내용을 메모하고 정확하게 외워두면 시험에 대비할 수 있을 뿐만 아니라 교과목의 핵심내용을 알 수 있다.

세 번째는 수업을 듣는 동안 이해되지 않거나 모르

는 내용을 메모해 둔다. 수업시간에 당장 이해되지 않는 것은 수업 후 자료를 통해 따로 확인해야 한다. 예습을 하고 수업에 참여한다면 미리 궁금한 점이나 질문거리를 만들어 갈 수 있지만, 예습을 하고 수업에 참여하는 학생은 그리 많지 않다. 수업이 어떻게 진행될지 감도 잡지 못하고 있는 학생이 강의 내용과 동료의 발표 내용을 못 알아듣는 것은 어쩌면 당연한 일이다. 예습은 못했다 하더라도 자신이 잘 모르는 것을 메모해 두었다가 다음 시간에 질문하거나, 따로 확인하는 것은 학습에 많은 도움이 된다.

잘 몰라서 예습이 어렵다면 복습이라도 철저히 해야 한다. 학습은 교수의 강의와 동료의 발표를 잘 듣는다고 되는 것이 아니다. 따로 시간을 내서 반복적으로 외우고, 보충하는 가운데 본인의 머리를 써야 한다.

학생이 수업에 공책을 챙겨서 들어가는 것은 당연한 일이다. 그러나 막상 강의시간에 학생들의 책상을 보면 휴대전화나 낱장의 종이가 올라와 있는가 하면 아무것도 없이 고개만 주억거리며 강의를 듣는 학생들도 있다. 대학에서 배우는 학문의 내용은 한번 듣고 이해할 수 없는 전문적인 것들이 많다. 반복해서 외워도 잘 이해되지 않는 그 많은 내용을 어떻게 머리로 암기하려고 하는지 놀라울 따름이다.

모든 수업에 들어갈 때는 반드시 공책을 챙겨야 한다. 당신이 얼마나 알고, 모르는지는 그 공책을 보면 알 수 있다. 한 권, 두 권 쌓이는 공책의 권수는 당신이 공부한 결과물이자 앞으로 연구해야 할 분야에 대한 단서를 제공한다.

공책 정리를 잘해 놓으면 시험을 준비하거나 과제를 할 때 핵심을 챙길 수 있다. 수업 중에 교수는 교재에 없는 내용을 알려주기도 하는데, 이는 책에는 없는 생생한 자료가 된다. 교수의 강의는 책에서 배울 수 없는 경험과 다양한 지식을 전수받는 과정이다. 주어진 시간만이라도 최선을 다해 수업에 능동적으로 참여한다면 얻을 수 있는 지식과 정보는 생각했던 것보다 훨씬 많다. 공책에는 수업 중에 당신이 얼마나 열심히 참여했는지 흔적이 남게 된다.

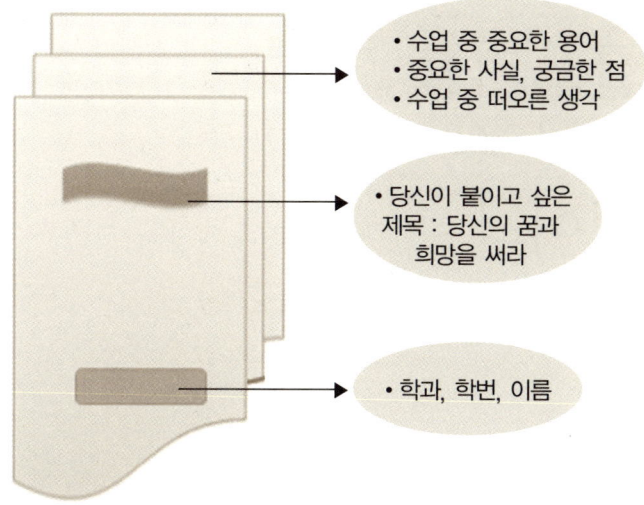

- 수업 중 중요한 용어
- 중요한 사실, 궁금한 점
- 수업 중 떠오른 생각

- 당신이 붙이고 싶은
  제목 : 당신의 꿈과
  희망을 써라

- 학과, 학번, 이름

<u>Point</u> ﹨ 공책 100퍼센트 활용법

수강하는 과목에 따라 공책을 따로 장만하더라도 연
관 과목끼리 연결해서 사용하면 정보를 체계적으로 정
리할 수 있다.

글쓰기를
잘할 수 있다고
믿어라

글쓰기를 두려워하는 학생들의 공통점은 써 보지도 않고 미리 못 쓴다고 생각한다는 것이다. 또 제대로 잘 써보려고 노력도 안 해보고 자신은 글쓰기에 재주가 없다고 속단한다. 이렇게 항변하는 학생도 있을지 모르겠다.

"나도 노력해봤어요. 그래도 안 되는 걸 어쩌란 말이에요?"

그렇다면 되물어 보자. 얼마나 오랫동안 어떻게 노력해 보았는가? 아마 생각은 많이 했으나 실제 무언가를 실천해 본 적이 없거나 몇 번 글쓰기를 시도했지만 자신의 생각을 제대로 표현할 수 없어서 중도에 포기한 경우가 더 많았을 것이다.

글쓰기를 할 때 가장 중요한 것은 글쓰기를 잘할 수 있다는 자신감과 글쓰기 능력이 자신에게 도움이 된다는 믿음이다. 자신감이 부족하면 내가 지금 쓰는 게 맞는지 자꾸 눈치를 보게 된다. 자신이 쓴 글은 어딘가 부족하고 틀린 것 같아서 제출하기 망설여질 뿐만 아니라 누군가 읽을까 두려워진다. 자기 스스로도 확신하지 못하는 글을 누가 흥미롭게 읽어보겠는가? 글에는 글쓴이의 마음가짐과 태도까지 드러나는데, 그것은 당신이 선택한 어휘, 주장, 증거를 통해서도 드러난다. 자신 없는 글은 선택된 어휘가 애매하거나 자신의 생각이 뚜렷하게 드러나지 않고, 뒷받침하는 자료도 부실하다.

한 편의 글은 다 읽었을 때 "글쓴이의 생각은 이렇구나" 하고 드러나야 한다. 그것이 얼마나 타당한가 그렇지 못한가는 두 번째 문제이다.

글쓰기를 처음 시작할 때는 완성도에 욕심을 내기보다는 주어진 주제에 대해서 최대한 많은 내용을 끄집어내려고 노력해야 한다. 이때는 글을 잘 썼는가, 내용이 충실한가는 중요하지 않다. 글쓰기 과제에 대한 두려움을 없애고 글쓰기 과제가 주어졌을 때 반감과 부담감을 더는 것이 목적이다. 처음에 두서없이 생각나는 대로 적다 보면 종이 한 장을 채우는 일은 생각보다 어렵지 않다.

우선 떠오르는 생각들을 연상되는 단어, 짧은 문장으로 써본다. 어디서 들었던 것도 좋다. 무조건 생각나는 대로 될 수 있으면 길게 적는다. 처음 자신이 쓴 글을 읽은 후 창피하고 무슨 말을 하고 있는지조차 모를 수 있다. 그렇다고 중도에 포기하면 안 된다. 글쓰기도 다른 일과 마찬가지로 어느 정도 손에 익고, 습관으로 만들기 위해서는 충분한 연습이 필요하다. 책을 많이 읽고, 생각을 많이 하고, 아는 것이 많은 것과 글을 잘 쓰는 것은 별개의 문제다. 아무리 책을 많이 읽고 아는 것이 많다 하더라도 글쓰기 연습이 바르게 되어 있지 않다면 글쓰기는 여전히 골치 아픈 일일 뿐이다.

처음 글쓰기를 시작하면 우선 자신의 글에 대해서

관대해질 필요가 있다. 초등학교 때부터 당신을 괴롭혔던 빨간 펜의 압박에서 벗어나야 한다. 한 번에 완벽한 글을 쓰기란 무리다. 좀 더 편안한 마음으로 자기에게 익숙한 주제를 선택해서 마음대로 써 보자. 쓰다 보면 자신이 글을 잘 못 쓰는 이유를 알게 될 것이다. 가장 흔한 이유는 초등학교 이후 자기 주도적으로 글쓰기를 해 본 경험이 많지 않기 때문이다. 과제가 아닌 스스로 쓰고 싶어서 글을 써 본 적이 있는가? 아마 거의 없을 것이다. 이렇게 글쓰기에 대한 연습이 적으니 능숙하게 쓴다는 것은 불가능할 수밖에 없다. 당신이 글을 못 쓰는 것은 원래 못 쓴다기보다 연습이 부족한 경우가 더 많다는 얘기다. 다시 말해 글쓰기 연습을 열심히 한다면 글쓰기 실력은 지금보다 좋아질 수 있다.

당신이 글을 못 쓰는 것처럼 기억되는 두 번째 이유는 대학에서 부여된 과제를 하기 위해서는 상식적으로 알고 있는 사실이 아닌 보다 전문적인 지식을 활용한 글쓰기가 필요하기 때문이다. 전문지식을 바탕으로 글을 쓰려면 최소한의 학습이 뒤따라야 한다. 최소한의 학습은 적어도 수강하고 있는 과목에 관한 참고도서라도 읽고 수업의 주제가 무엇인지 정도는 알고 있어야한다는 의미다. 그러나 당신이 과제를 하는 동안 참고도서 목록을 살펴보고 책의 내용을 숙지한 후 추가 자료를 읽었는가 생각해 보라. 아마 이 부분도 미처 생각하지 못했거나, 그때그때 주어진 과제의 지엽적인 부분에 매달려 충분히 고려하지 못했을 것이다.

당신이 수강하고 있는 과목의 참고도서를 읽은 후, 전체적인 흐름을 알고 수업에 참여한다면 소주제의 과제가 부과되어도 전체 주제의 맥락 속에서 수행할 수 있다. 지금이라도 당신이 듣고 있는 강의계획서에 제시되어 있는 참고도서 목록을 확인해 보라. 그것만으로도 글쓰기에 대한 어려움이 한결 줄어들 것이다.

이렇게 자신이 중요하다고 생각하지 못했던 문제점을 하나씩 해결하다 보면 글쓰기 실력은 타고난 것이 아닌 노력 부족이었음을 깨닫게 될 것이다. 무조건 실행하라! 당신이 글쓰기를 잘해보겠다고 마음먹었다면 무엇이든 쓰는 습관을 들여야 한다.

가장 쉽게 글쓰기를 연습할 수 있는 방법은 간단하게라도 매일 일기를 쓰는 것이다. 일기를 쓰면 하루를 되돌아보게 되고, 그중 가장 기억에 남는 일과 기억하고 싶은 일을 추려내는 과정을 통해 반복되는 일상에 의미를 부여하게 될 것이다. 무엇을 기억할 것인가, 어떻게 기록할 것인가는 자신에 대한 관심과 타인에 대한 관찰력을 길러준다. 일기쓰기를 통해 글쓰기 자체에 대한 두려움과 반감이 줄어들었다면 대학에서 요구하는 글쓰기를 할 준비가 되었다고 할 수 있다. 대학에서 쓰는 글은 일기와 달리 목적에 따라 쓰기 방법과 내용을 선택하고 집중해야 한다.

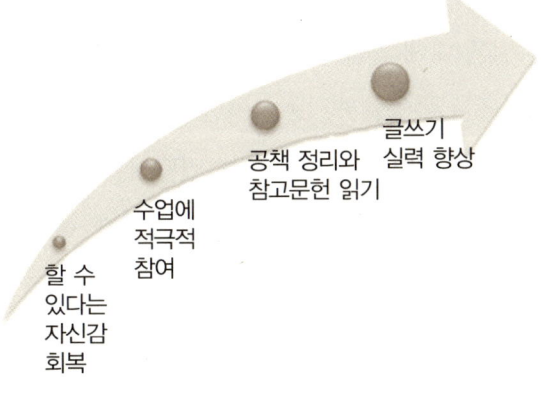

할 수 있다는 자신감 회복

수업에 적극적 참여

공책 정리와 참고문헌 읽기

글쓰기 실력 향상

<u>Point</u> ↘ 글쓰기, 기본에 충실하라.

곰곰이 생각하고,
주장을 펼쳐라

본격적으로 과제를 하기 전에 당신이 해야 할 일에 대해 곰곰이 생각해 보자. '이 과제의 궁극적인 목표는 무엇일까? 나는 어떤 입장을 선택해야 할까? 이 주제와 관련 있는 자료는 어디서 찾아야 할까? 글의 형식은 어떻게 할까?' 등등 떠오르는 대로 메모를 한다. 될 수 있으면 과제와 관련하여 연상되는 모든 문제를 다 적어본다. 글씨체, 글자크기 등과 같은 아주 사소한 것에서부터 글의 주제까지 모두 메모를 한 후 그것을 정리한다.

당신이 정리한 메모는 글을 쓰기 위한 예비단계에

해당된다. 당신이 메모하고 수집한 사항 중에 버릴 것과 남길 것을 선택한다. 당신이 지금 요리를 하려고 하는데 다양한 재료 중에서 알맞은 것을 골라서 만든 음식과 몇 가지밖에 없는 재료를 활용해서 만든 음식 중 어느 것이 더 제대로 된 요리가 될까? 될 수 있으면 싱싱하고 다양한 재료를 갖추고 있을 때 더 제대로 된 요리를 원하는 대로 만들 수 있다.

당신이 한 예비 작업은 요리에 앞서 필요한 재료의 목록을 만드는 것과 같다. 이때 빠진 것이 없어야 알맞은 재료를 준비할 수 있다. 요리를 하다가 재료를 사러 뛰어다니거나 냄비가 어디 있는 줄도 모른다면 제대로 된 요리를 만들기 어렵다. 과제에 필요한 자료와 방법을 구상하는 것은 본격적인 글쓰기에 앞서 꼭 챙겨야 할 사항이다. 목록을 만들어 놓고 당장 필요 없는 것은 빼면 된다.

이렇게 머릿속의 생각들을 총동원하여 아이디어를 모으는 것을 '브레인스토밍(brainstorming)'이라고 한다. 브레인스토밍이란 일반적으로 여러 사람의 다양한 아이디어를 모으는 방법 중에 하나이다. 그러나 과제를 해야 하는 당신은 스스로 자기 안에 있는 다양한 생각들을 모아 그중 한 가지에 집중하면 된다. 머릿속에 떠오르는 것은 무조건 써라. 단어, 짧은 문장, 긴 문장 어떤 것이라도 좋다. 지금 타당성을 생각할 필요는 없다. 많은 생각을 모으는 데 집중하는 것이 관건이다.

>>> 사례

교수 : 다음 시간까지 조세희의 《난쟁이가 쏘아올린 작은 공》을 읽고, 형식은 자유롭게 A4용지 두 장 분량으로 감상문을 써오세요.

학생 : 줄거리를 써야 하나요? 감상문은 무엇을 어떻게 써야 하나요? 느낀 점은 어떻게 써야 하죠?

위의 과제가 당신에게 주어졌다면 어떻게 쓸 것인가? 감상문은 책을 읽은 소감을 쓰는 글인데, "감동적이다. 나에게 교훈을 준다. 잊고 있었던 가족의 의미를 되새길 수 있었다"라는 내용을 무슨 수로 두 장씩이나 늘여 쓸까 걱정부터 앞설 것이다. 또한 어떤 내용으로 분량을 채워야 할지 고민하게 된다. 사정이 이렇다보니 분량을 채우기 위해서 줄거리를 상세하게 정리해서 한 장 반 정도 쓰고 느낌을 수사적으로 바꾸어서 늘여 쓰게 된다.

이러한 감상문은 당연히 낮은 점수를 받을 수밖에 없다. 왜냐하면 감상문을 과제로 낸 이유는 당신이 이야기했듯이, 감동적이었다면 어떤 점에서 감동적이었는지 텍스트의 내용을 단서로 풀어나가야 하기 때문이다. 남들이 다 그렇게 평가하는 것에 동의하는 것이 아니라, 당신의 시각으로 읽었을 때 감동적인 부분을 찾아내고 의미화할 수 있이야 힌다. 충실한 감상문을 쓰기 위해 당신이 모은 아이디어에는 어떤 것이 있는지 정리해 보자.

다음은 학생이 제출한 감상문이다. 당신이 읽고 느꼈던 감상과 어떻게 다른지 찾아 보라.

난쟁이가 쏘아올린 작은 공

산업사회에 접어든 우리 사회의 허구와 병리,

그리고 이 사회 속에서 고통 받는 난쟁이들

학생 글

우리 집에서 약 10분 정도 떨어져 있는 거리에 10번 종점이라 불리는 달동네가 있다. 이곳은 전형적인 달동네로써 허름한 판자촌이 몰려 있는 동네이다. 그런데 이곳은 형편이 어려운 사람들이 많이 살기로 알려져 있기보다도 영화나 드라마 촬영지로 더 많이 알려져 있다. 이것이 좋은 일인지 나쁜 일인지는 모르겠지만, 하여튼 이번에 이 10번 종점이 재개발을 한다고 한다. 그런데 항상 재개발이 이루어지는 곳에는 쫓겨나야 하는 사람들이 생기게 마련이다. 지금 우리 아파트의 한 구석에는 커다란 현수막이 걸려 있다. 이 현수막에는 대부분 "재개발하면 우리는 무얼 먹고사냐!", "우리가 살 수 있는 환경을 마련해 달라!" 등의 가슴 아픈 내용이 담겨 있다. 옛날이나 지금이나 어떠한 개발이 이루어지면 고통 받는 것은 항상 가난한 사람들이다. 하지만 이보다 더 슬픈 것은 바로 이들은 떳떳한 처지가 아니기에 항상 고통을 받으면서도 그 누구에게도 자신들의 권리를 주장할 수 없고 오직 침묵만을 지켜야만 한다는 사실이다.

나는 조세희의 《난쟁이가 쏘아올린 작은 공》을 읽을 때마다 우리 집 가까운 곳에 있는 10번 종점 생각이 난다. 비록 집 가까이에 위치하고 있음에도 불구하고 한 번도 가본 적이 없는 곳이지만, 이곳은 항상 우리 아파트 사람들에게 있어 커다란 이슈의 대상이다. 이 달동네 때문에 아파트 값이 떨어진다느니, 미관상으로 보기 안 좋은 동네라느니 등의 말들이 아파트 반상회 때마다 들려오는 것 같다. 물론 10번 종점에 위치한 달동네가 미관상으로 보기 좋지 않은 것도 사실이고, 아파트 값을 하락시키는 원인 중 하나인 것도 부인할 수 없는 분명한 사실이다. 하지만 이러한 이유 때문에 그곳에 살고 있는 사람들이 삶의 터전을 빼앗긴다면, 이 얼마나 모순된 상황인가? 사람에게 먹고사는 문제보다 중요한 것은 없다. 세상 그 어디에 사람이 먹고사는 것보다 더 중요한 문제가 존재할 수 있겠는가! 그런데 단지 미관상의 문제나 아파트 값의 문제 때문에 여러 사람들이 삶의 터

전을 송두리째 빼앗겨버린다면, 이것은 분명 전후문제가 뒤바뀐 엄청난 모순이라고 할 수 있다. 아니, 내 생각에 이는 100퍼센트 확실한 모순인 것 같다. 그런데도 이 세상을 살아가는 사람들은 그 누구도 이러한 모순투성이인 사회의 모습에 주목하지 않는다. 그들은 이미 자신들의 이익 챙기기에 눈이 멀어, 자기들 때문에 삶과 죽음의 경계 속에서 죽음 쪽으로 한 발자국 더 다가서고 있는 사람들의 고통을 볼 수가 없기 때문이다.

《난쟁이가 쏘아올린 작은 공》에는 이러한 10번 종점에 살고 있는 사람들을 대변하는 인물로서 난쟁이가 등장한다. 비록 마지막에는 굴뚝 속에서 죽은 채로 발견되지만, 내 생각에 난쟁이는 허구와 병리로 가득 찬 산업화 시대 속에서 악의 무리들에 맞서서 저항할 줄 아는 강직한 인물이다. 이 책을 읽으면서 작가의 뛰어난 문장력에 감탄한 부분이 있었다. 바로 이 난쟁이의 가족들이 사는 동네가 '낙원구 행복동' 이라는 대목이다. 분명 난쟁이의 가족들은 산업화 시대 속에서도 최하위층에 속하는 사람들이고, 이들이 사는 곳은 행복은커녕 사회에서 가장 불행한 사람들이 몰려 사는 곳이라 해도 과언이 아닐 만큼 '낙원' 이라는 단어와는 거리가

먼 곳이다.

그런데 작가는 이러한 극빈층이라 불리는 사람들이 사는 세상을 '낙원구 행복동'이라는 아이러니한 명칭으로 표현하였다. 처음에 이 책을 읽었을 때, 대체 왜 작가는 어울리지도 않는 이름을 이 달동네에 갖다 붙였을까 하는 의문이 들었다. 그런데 이 책을 한 번, 두 번 반복해서 읽다 보니 이 '낙원구 행복동'이라는 동네 이름 때문에 이 책 속의 비극적인 상황들이 한층 더 슬프게 느껴지는 것 같다. '낙원구 행복동'이라는 이름과는 완전히 대비되는 난쟁이 가족들의 삶, 이것이 낭시 산업사회의 허구성과 병폐를 확연히 드러내고 있기 때문이다.

이 글을 쓰고 있는 이 늦은 시간에도, 우리 집에서 불과 10분도 채 걸리지 않는 가까운 거리에 사는 달동네 사람들은 집을 철거하려는 사람들과 한창 실랑이를 벌이고 있는 중일지도 모르겠다. 하지만 나는 그들이 이러한 고통에 맞서 싸우는 중에도 따뜻한 집에서 분위기 있게 커피를 마시면서 독후감을 쓰고 있다. 이것이 바로 작가가 말하고자 했던 바가 아닐까? 극빈층과 확연히 대비되는 그들의 생활 모습…… 나 역시도 자신의 이익에 눈이 멀어 그들의 아픔은

볼 수 없게 되어버린 것은 아닌지 갑자기 무서워진다.

시험이 끝나고 나면 시간을 내서라도 10번 종점에 한 번 들러봐야겠다. 도로 하나를 사이에 두고 나오는 정반대의 삶을 살고 있는 이들의 실상을 직접 보고 난 후의 충격은 이루 말할 수 없을 만큼 엄청나겠지만, 이를 모른 채하고 다른 사람들처럼 무관심하게 살아가기에 나는 아직 순수한 열정을 가지고 있다. 물론 나 역시도 이미 산업화되어버린 이 사회 속에 완전히 적응된 사람들 중 한 명일 뿐이지만 말이다.

당신은 이 학생의 감상문을 읽고 다음과 같은 생각이 들었을 것이다.

"이게 뭐야? 소설에 대한 줄거리는 별로 없고 자기 동네 얘기밖에 없잖아."

"소설을 읽었으면 소설에 관한 이야기를 해야지 왜 자기 얘기를 할까?"

감상문을 쓸 때 주체는 문학 텍스트가 아니라, 책을 읽고 있는 독자 자신이다. 독자는 자신의 입장에서 텍스트를 읽고 자신의 정서적 반응에 집중해야 한다. 텍스트를 통해 느낀 점이 무엇인지, 새롭게 알게 된 것은 무엇이며, 읽기 전의 자신과 읽은 후 자신의 모습 중 달라진 점은 무엇인가 자각할 수 있어야 한다.

이렇게 변화된 자신의 감상을 글로 옮겨 적은 것이 감상문이다. 책 읽기에 집중하다 보면 낱낱의 사실 혹은 정서적 반응이 기억나지 않을 때도 있다. 책 읽기 자체가 목적이 아닌 과제를 위한 책 읽기를 할 때는 읽는 도중 떠오른 생각이나 중요한 사실은 메모를 하거나, 책의 해당 면에 표시해 두면 글을 쓸 때 도움이 된다.

같은 텍스트라고 해도 만약 "조세희의 《난쟁이가 쏘아올린 작은 공》을 분석하시오"라는 과제가 주어진다면 글의 구성방법과 내용은 확연히 달라진다. 이 텍스트를 분석하기 위해서는 그것을 연구하는 목적과 방법을 서론으로 시작하여 내용을 항목화하여 구성해야 한다. 텍스트 분석을 위해 목차를 만들어 보면 다음과 같다.

>>> 사례

서론 연구 목적과 방법

본론

1 조세희 작가에 대하여

2 1970년대의 시대 상황

  3-1 1970년대의 전반적인 시대상황

  3-2 산업화 시대의 문학

  3-3 1970년대 노동소설의 특징

3 작품 분석

  3-1 인물의 상징성

  3-2 액자식 구성

결론 분석 결과와 문학적 평가

텍스트를 분석하기 위해서는 분석의 방법과 대상을 명시적으로 밝히고, 분석 이론에 맞추어 꼼꼼하게 읽고 조목조목 따져서 의미를 밝혀야 한다. 텍스트를 정확하게 분석하려면 주관적인 판단 위주로 서술하는 것이 아닌 근거를 밝혀 자신의 생각이 타당하다는 것을 증명할 수 있어야 한다. 텍스트 분석을 할 때는 이론적 근거와 선행 연구자료 등을 검토해야 하고, 텍스트 자체도 감상문을 쓸 때와는 달리 인물의 성격, 시대적 배경, 기호적 특성 등을 좀 더 세밀하게 검토해야 한다.

　이처럼 글쓰기 과제는 주제에 따라 내용과 구성방법, 서술방법 등이 달라진다. 그러므로 과제가 주어졌을 때 목적과 요구사항을 반드시 확인하고 대비해야 한다.

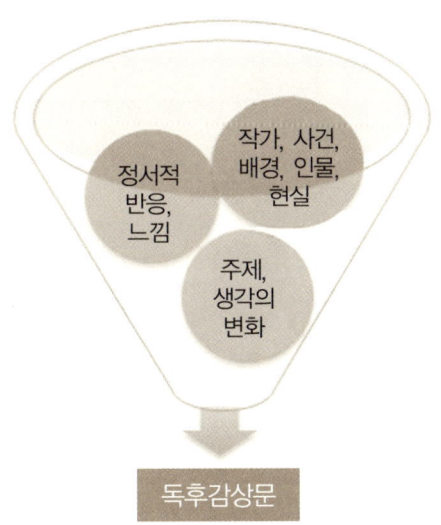

Point ▶ 독후감상문을 쓰기 위한 아이디어 모으기

● 현진건의 《운수 좋은 날》을 읽고 떠오르는 생각을 써 보자. 다른 작품을 선택해도 무방하다.

구분	내 용
운수 좋았던 날	
인 물	
시대적 배경	
현진건에 대하여	
비슷한 주제의 작품	
느낌	

자신의 생각이
맞는지 증거를 모아라

맛있는 음식을 만들기 위해서는 싱싱하고 다양한 재료들 중에 꼭 필요한 재료를 골라야 한다고 말한 바 있다. 글쓰기에서 싱싱하고 다양한 재료란 무엇을 의미할까? 그것은 아마도 당신이 수집한 자료가 될 것이다. 좋은 자료가 있어야 좋은 글을 쓸 수 있다. 주제가 정해지고 자신의 주장이 드러난 주제문을 작성했으면, 주제를 효과적으로 나타내기 위한 자료를 모아야 한다. 글을 쓰는 데 도움이 되는 것이면 무엇이든 자료가 될 수 있다.

글쓰기에 있어 자료는 독특한 경험이나 지식, 권위

자의 견해 등은 물론 일반적인 사실도 그것이 주제를 뒷받침하는 데 필요한 것이라면 모두 포함될 수 있다.

우리가 참고할 수 있는 자료에 대해 알아보자.

1 보편적 진리 : 자연의 이치와 같이 누구나 알고 있는 사실도 자료가 될 수 있다. 당신이 글쓰기에 쓸 보편적 진리는 사실 그 자체로 사용되는 것이 아니라 당신의 주장을 뒷받침하는 근거로 가공되어 활용해야 한다.

2 용어의 개념 : 주제와 관련된 용어를 설명하며 시작하는 것도 좋은 방법이다. 정확한 용어의 개념은 글의 신뢰도를 높여줄 것이다.

3 통계 · 보도자료 : 객관적으로 누구나 동의할 수 있는 통계나 보도자료는 글의 구체성을 살리는 데 쓸 수 있다.

4 대상의 분류 · 본질 · 특성 : 교수가 요구하는 글의 형식에 따라 대상을 분류하고 특성을 밝히는 것이 과제의 전부일 수 있다. 이때 분류된 대상과 그 특성은 글쓰기에 적합한 자료가 될 수 있다.

5 학설 · 속담 · 격언 : 독자가 알고 있는 지식을 활

용할 수 있기 때문에 학설, 속담, 격언 등을 적절하게 사용하면 단순한 설명보다 글의 핵심을 드러내는 데 용이하다.

6 체험담·우화·소설·역사적인 사건 : **역사적 배** 경을 살려 글을 써야 할 때 당시 현장에 있었던 사람의 체험담은 확실한 자료가 될 수 있다. 단, 체험담은 체험자 개인의 특수한 경험이자 역사적 보편성을 확보한 것이어야 한다. 당시 상황에 비추어 보았을 때 예외적인 한 사람이 경험했을 만한 것이라면 역사적 사건에 대한 일반적 사실에 위배될 수 있으므로 신중하게 선택해야 한다.

7 권위자의 견해 : 글을 쓰기 전에 도서관에 가는 이유는 전문적 지식을 가진 권위자에게 도움을 받기 위해서이다. 오랫동안 한 분야를 연구해온 연구자의 지식은 당신의 글이 노출할 수 있는 한계를 보완해 줄 수 있다. 이때 어느 특정한 연구자의 자료에만 의지할 것이 아니라, 동일한 분야에 다른 입장을 가진 연구자의 글도 함께 읽어 어떤 견해가 타당하며, 당신의 생각과 맞는지 골라서 활용해야 한다.

8 다른 것과의 공통점·차이점 : 주어진 과제의 주제가 다른 영역에서 어떻게 연구되고 있는지 살펴보고 어떤 점에서 동일하고 차이가 나는지 살펴보는 것도 글의 완성도를 높이는 데 도움이 된다.

9 주제와 관련된 영상물 : 때론 여러 권의 책보다 한 편의 영상물이 당신의 생각을 정하는 데 도움이 되기도 한다. 만약 지구온난화와 관련된 글을 써야 할 때 문제의 심각성을 피상적으로는 알겠는데 실감나지 않는다면, 이와 관련된 영상물은 당신의 안이한 입장을 보다 능동적으로 바꾸어 놓을 수 있다. 글 읽기가 어렵고 핵심내용을 파악하는 데 어려움이 있다면, 영상자료를 적극 활용해 보자. 다만 그저 감상하는 것이 아닌 문제 제기의 발판으로 삼아야 한다는 점을 기억해야 한다. 그 밖에도 주제에 따라서 다양한 자료를 수집할 수 있다.

이렇게 다양한 자료는 여러 방법을 통해 수집할 수 있다. 쓰고자 하는 대상에 대한 경험, 기억, 관찰, 대화, 독서, 상상 등에서도 자료를 찾을 수 있다. 따라서 평소 세상과 사물에 대한 주의 깊은 관찰과 사색, 폭넓은 독서를 통해 중요한 사실을 메모하는 습관을 들여야 한다. 아무리 다양하고 많은 자료를 수집했다고 하더라도 자료를 분석하고 분류할 능력이 없다면 자료는 무용지물이 되고 만다. 필요에 따라 알맞게 활용할 수 있는 능력은 자료를 수집하는 능력만큼 중요하다.

하루아침에 자료에 대한 분석 능력이 생기거나 글쓰기 능력이 좋아지지 않는다. 조금씩 꾸준히 반복적으로 연습하는 것이 중요하다.

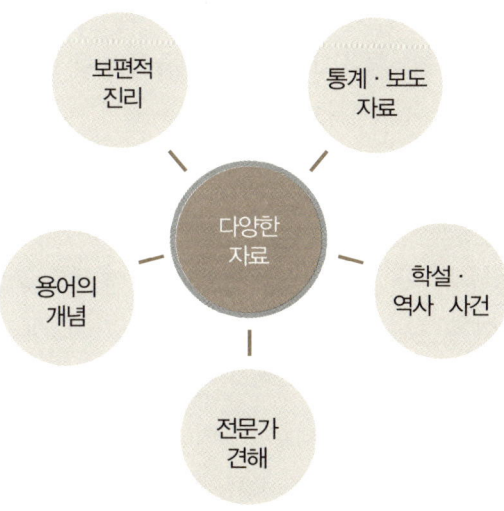

Point ▲ 글을 쓰기 전에 다양한 자료를 모으는 방법

교수는 과제를 위한 주의사항으로 창의적 사고를 요구한
다. 글을 쓰면서 창의적 사고를 하라는 것은 무슨 의미일
까? 교수는 부연 설명을 통해서 과제에 접근하는 방법론을
창의적으로 시도하거나 주어진 텍스트를 창의적으로 해석해
도 좋고, 창의적으로 표현해도 좋다고 한다. 이때 창의적 사
고란 구체적으로 무엇을 의미하며, 왜 창의적 사고를 해야
하는가? 또 창의적 사고가 낯선 학생들은 이를 높이기 위해
어떻게 해야 할까?

교수가 요구하는 창의적 사고란 "기존의 관습적인 사고방
식에서 탈피하여 새롭게 변화된 시각으로 문제를 접근"하라
는 말이다. 지금까지 당연하다고 생각했던 사실에 대해서
"과연 그럴까?", "왜 모두 같은 생각을 해야 하는 걸까?",
"그 문제를 해결하는 방법은 그것밖에 없을까?" 하고 대상을
비판적으로 접근한 후 해결방법을 새롭게 모색해 본다.

이때 창의적 사고는 대상에 대한 관심과 호기심을 통해
유발된다. 창의적 사고를 하는 사람은 궁금증이 많고, 이유

생각을 키우는 방법

를 캐묻는다. 이 과정에서 생각은 꼬리에 꼬리를 물고 이어지며 전혀 관련이 없어 보이는 두 대상 사이에 새로운 관계를 만들어내기도 한다. 창의적 사고가 손에 잡히지 않는 학생들은 다음과 같은 방법을 시도해 보면 도움이 된다.

첫째, 일상적인 생각을 뒤집어서 생각하라. 사물의 쓰임새를 다르게 생각한다.

둘째, '만약에~'라는 가정 아래에서 상상하라. "만약에 화석에너지가 고갈된다면?"이라는 가정 아래 대체할 방법을 생각해 본다.

셋째, 습관적으로 했던 일을 바꾸어 보라. 늘 다니던 길이 아닌 다른 길로 가거나, 좋아하던 음악이 아닌 다른 장르의 음악을 감상하는 것도 좋다.

넷째, 연관성을 찾아라. 쓰레기와 에너지를 연관해 보라. 쓰레기를 에너지로 활용할 방법이 떠오른다.

다섯째, 원리를 캐물어라. 원리를 탐색하다 보면 겉으로 드러난 현상을 바꾸어 적용할 수 있다.

같은 대상도 바라보는 시각에 따라 다르게 보인다. 잠재되어 있는 창조적 사고를 일깨우는 대표적인 방법으로 '브레인스토밍'과 '마인드맵'이 있다.

브레인스토밍은 말 그대로 어떤 문제에 관한 생각을 폭풍처럼 쏟아내는 방법이다. 브레인스토밍을 하는 목적과 절차가 정해지면 타당성, 정답 여부, 생각의 서열 등은 무시하고 무조건 다양한 생각들을 적는다. 브레인스토밍 중에는 "소용 있겠어?", "과연 가능할까?" 등과 같은 부정적인 발언이나 평가는 금지한다. 때로는 엉뚱한 생각이 창조적인 대안이 될 수 있다는 사실을 기억하라.

'지구온난화'에 관해 브레인스토밍을 해보자.

엘니뇨, 라니냐, 온실효과, 탄소발자국, 후진국, 기후협약, 윤리적 선택, 경제논리, 자전거, 화석연료, 오존층 파괴, 그린피스, 북극곰, 빙하, 해수면 상승, 사막화, 오염, 바이러스, 거대태풍, 밀림파괴, 다국적 기업, 지구멸망, 자전거, 풍력발전, 수소에너지, 육식의 종말, 불편한 진실……

생각을 키우는 방법

이렇게 모아진 생각들은 중심 생각을 정하고, 서로 관련 있는 것끼리 연결 지어 마인드맵을 그려본다. **마인드맵**은 브레인스토밍과 달리 시각적 기호, 그림, 도상 등을 이용하여 좌뇌와 우뇌를 활성화 시킨다. 마인드맵은 '방사사고', '확산사고'의 연습 방법이다. 문자로 표시된 부분을 대체할 이미지 그림이나 기호로 바꾸어 표시한다.

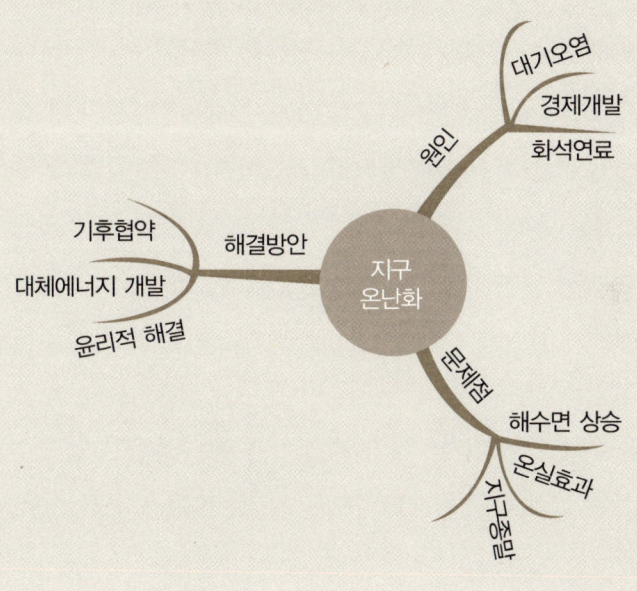

chapter

03

구슬이 서 말이어도 꿰어야 보배

자신의 생각을 한 가지로 집중하라

전달 방법을 찾아라

순서를 정하고 배열하라

글의 흐름을 점검하라

자신의 생각을
한 가지로 집중하라

잘 쓴 글은 글을 통해 자신이 드러난다. 글을 읽으면 어떤 사람이 썼는지 가늠할 수 있다고 한다. 이렇게 글쓰기는 자기표현 방법 중에 하나라고 할 수 있다. 글은 쓰는 사람의 전인성(全人性)이 담기고, 글을 통해 우리는 개인과 인격적 만남을 할 수 있다. 따라서 글을 쓰는 동안 자신만이 가진 개성과 창의적인 생각을 드러낼 수 있어야 한다. 그러기 위해서는 무엇을 대상으로 글을 쓰든 그것을 처음 보고, 들은 것처럼 새롭게 생각하며 표현하는 연습을 해야 한다.

좋은 글을 쓰기 위해 필요한 요건은 무엇일까?

먼저 풍부한 경험을 쌓아야 한다. 직접 체험한 것도 좋고, 책이나 영상매체 등을 통한 간접 체험도 좋다. 좋은 글은 다양하고 풍부한 경험을 어떻게 활용하여 조합하는가에 달려 있다. 좋은 사람들을 만나고, 아름다움을 경험하고, 좋은 소리를 많이 들으면 정서적으로는 물론 사고도 깊어진다. 우선 전공과 관련된 과목 이외에도 교양이나 인문과학 과목을 다양하게 듣는 것이 좋다. 모든 학문은 궁극적으로 인간을 향해 있기 마련이기 때문이다. 경영학을 전공한다고 해도 그 학문을 펼칠 대상은 인간이다. 공학, 미학, 의학, 건축학, 문학도 마찬가지이다. 인간에 대한 깊은 이해와 성찰이 없다면 전공 학문은 기능적인 면을 습득하는 과정이 될 것이다. 가능하다면 음악, 미술, 무용과 같은 순수 예술을 경험할 기회도 자주 가져야 한다.

다음으로 자신의 전공뿐만 아니라 교양과 상식적인 용어를 정확하게 알고 있어야만 제대로 된 글을 쓸 수 있다. 어휘력을 기르려면 좋은 글을 많이 읽는 것이 기본이다. 다양한 어휘는 문장을 구성하는 최소한의 단위이므로 여러 부류의 글을 폭넓게 읽는 과정에서 자연스럽게 익힐 수 있다.

　최근에는 학제 간 경계가 사라지고 있는 추세이다. 이공계열 전공자도 인문학적 상상력과 사회학적 시각 없이는 연구에 한계를 느끼게 된다. 새로운 연구 계획을 세우고 의미 있는 결과물을 생산한다는 것은 결국 인문학적 상상력과 유사한 호기심, 그리고 미지의 세계에 대한 탐구심이 그 출발점이 될 수 있다. 그러므로 자기 전공과 관련된 지식과 정보는 물론, 다른 영역의 지식과 정보에도 관심을 가져야 한다.

　폭넓은 교양과 상식이야말로 당신이 어떤 주제에 관한 글을 쓰든 밑바탕이 된다. 교양과 상식을 쌓기 위해서는 자기 전공 분야뿐만 아니라 다양한 분야의 책도 골라 읽어야 한다. 기초가 탄탄해야 높은 건물을 올릴 수 있듯이 학문을 쌓기 위한 기반 다지기도 중요하다. 사고 확장을 위한 기초 다지기가 끝났다면 본격적으로 글쓰기에 들어가 보자. 과제와 관련된 자료도 충분히 모았고, 브레인스토밍을 통해 다양한 아이디어도 만들었다면 이제 글을 통해 밝히고 싶은 것이 무엇인지 정해야 한다.

이때 주의할 점은 과제에서 요구하는 바가 무엇인지 먼저 정확하게 파악하는 것이다. 요구사항을 확인한 다음에 제시한 문제에 대해서 다각도로 접근하고 분석한다. 한 가지 주제를 연구하는 방법론은 연구자마다 다르다. 연구 방법론이 다르다는 것은 주제를 판단하는 근거가 시각에 따라 달라질 수 있다는 뜻이다. 곧 교수가 기대하는 답은 한 가지의 단일한 답이 아니라는 말이다. 미리 겁먹지 말고 주제에 관한 자신의 입장과 생각을 정리하고, 타당성을 검토해 보라.

글쓰기 과제를 할 때 정답이 따로 정해져 있을 것이라고 속단하지 말아야 한다. 교수의 기대 답안은 있지만 그렇다고 그것 한 가지만 맞다고 하지 않는다. 오히려 교수가 예상하지 못한 독특한 관점의 글이 눈에 띈다. 당신은 자신이 선택한 주장이 무엇이며 타당성을 검증했다면 모든 역량을 자기주장을 증명하는 것에 집중해야 한다. 강조하고 싶은 점이 무엇인지 결정했다면 주장에 대한 근거 확보에 매진해야 한다. 근거가 부실하면 아무리 강력하게 주장한다고 하더라도 글을 읽는 사람은 당신의 주장에 귀 기울이지 않는다. 학생들은 근거가 될 만한 자료를 제시하라고 하면 자신의 주장은 온데간데없고 남의 주장만 가득 조사하여 짜깁기하여 제출한다. 이는 주객이 전도된 상황으로, 중요한 것은 자신의 주장이 무엇인지 밝히고 그것에 대한 뒷받침 증거로 자료를 활용해야 한다는 점이다. 그러나 대다수의 학생들은 자신의 주장이 무엇인지조차 정하지 않고, 무조건 권위 있는 입장을 따라간다. 사정이 이렇다 보니 과제와 관련한 교수의 질문에 대답을 못하고 만다. 충분히 생각하고 자신의 입장을 정리한 후, 주제가 구체적으로 드러나도록 글을 구성하고 써야 한다.

이 작품은 전후 물질만능주의를 반영한 리얼리즘 소설이야.

결정했어! 나는 이 소설의 인물 특성에 대해서 쓸 거야.

이 소설은 반어적 기법을 통해 사회를 비판하고 있어.

전달 방법을
찾아라

교수가 요구하는 과제를 효과직으로 작성하기 위해서는 서술어에 주목할 필요가 있다. 내용이 아무리 풍부하다고 해도 교수가 제시한 조건을 만족시키지 못한다면 모든 노력은 허사로 끝나버린다. 교수는 학생들에게 과제를 부여할 때 내용을 어떻게 서술해야 하는지 밝힌다. 교수의 요구사항은 과제의 명령어를 통해 확인할 수 있다. 과제물 작성과 관련된 글쓰기 명령어를 대체로 다음 여섯 가지로 정리할 수 있다.

1 논하라 : 먼저 주장을 밝히고 그 근거를 제시해야 한다. 당신의 주장이 옳다는 것을 입증하는 서술방식

으로 글을 읽는 사람들을 설득하여 당신의 주장에 동의하도록 해야 한다. 그러기 위해서는 주장을 뒷받침하는 근거를 구체적으로 제시해야 한다. 타당한 근거를 제시하지 못하면 논리의 비약이나 논증의 허술함을 지적받을 수 있다. '논하라' 는 과제를 할 때는 자신의 주장을 정확하게 밝히고 논거가 될 만한 자료를 수집하여 제시해야 한다. 이때 근거자료는 이미 일반화된 사실이나 반복되는 인용을 피하고, 자신의 주장을 가장 적극적으로 드러낼 수 있는 참신한 것이어야 한다.

2 요약하라 : 요약을 잘하기 위해서는 텍스트의 핵심내용을 정확하게 파악해야 한다. 글쓰기가 미숙한 학생들은 요약하라고 하면 글 전체를 짧게 줄여 쓰는 것으로 아는데 요약이란 독자가 텍스트의 핵심내용을 파악한 후에 독자의 정리된 생각을 재가공해서 쓰는 것이다.

다시 말해서 본문의 내용을 줄이는 것이 아닌 "무엇이 어찌하다" 혹은 "무엇이 어떠하다"라는 새로운 문장형태로 써야 한다. 핵심내용을 파악하기 위해서는 핵심어(키워드)를 찾아내는 것도 한 방법이다. 핵심어는 글 전체의 중요한 개념어로 드러나거나, 반복적으로 사용되어 독자가 찾아 낼 수 있다. 텍스트를 꼼꼼히 읽어보면 문장은 주장하는 부분과 뒷받침하는 부분으로 연결되어 있다. 핵심내용은 주장하는 부분에 드러난다.

3 비판하라 : 비판하기 위해서는 텍스트의 중심 주장이 무엇인지 찾아내야 가능하다. 텍스트의 주장을 잘못 판단하면 비판 자체가 무의미한 일이 된다. 올바른 비판을 하기 위해서는 주장의 타당성을 검토한 후 주장의 가치를 평가해야 한다. 평가를 통해 잘못된 판단을 바로잡고 문제점을 드러내는 가운데 발전적인 대안을 모색할 수 있다. 비판을 제대로 하기 위해서는 주장의 전제 조건을 확인해야 한다.

4 비교·대조하라 : 비교는 두 대상의 공통점을 검토하는 것이고, 대조는 차이점을 밝히는 것이다. 비교와 대조는 서로 다른 대상에 대한 판단을 같은 지점에서 찾아내야 한다. 예를 들어 여성과 남성을 비교한다면 그 둘을 신체적으로 비교할 것인지, 사회적 역할의 측면에서 비교할 것인지에 대해 비교 조건을 동일하게

해야 한다. 비교 조건이 달라지면 잘못된 결론을 낼 수 있다.

5 설명하라 : 설명하라는 명령어의 핵심은 사실이나 주장을 누구나 알아보기 쉽게 풀어서 밝히라는 뜻이다. 설명은 정확성, 용이성, 객관성을 특징으로 하는 서술 방법으로써, 대상에 대한 사전 정보가 있는 사람이나 그렇지 못한 사람 모두에게 똑같이 이해되어야 한다. 주로 자료조사 과제물을 할 때 설명의 방법을 많이 사용한다.

6 분석하라 : 주제를 구성요소로 나누고 각 부분의 의미와 상호관계를 밝히는 서술방법이다. 분석을 하기 위해서는 각 요소를 나누어서 파악할 수 있어야 한다. 예를 들어 소설 작품을 분석한다면 등장인물, 시·공간적 배경의 의미, 역사적 환경 등을 각각 나누어 검토한 후, 각 요소들 간의 관계를 밝혀 주제를 이끌어 낸다. 분석하기는 대학에서 글쓰기 방법 중 가장 많이 쓰는 기술방법이다.

당신이 과제의 명령어를 정확하게 이해하고 서술방

법을 선택하면 작성방법은 자연스럽게 구체화된다. 또한 같은 과목이라도 교수마다 평가의 기준이 다르므로 이를 고려해야 한다. 평가가 끝난 다음에 이의신청을 해도 쉽게 변경되지 않는다. 미리 기준을 명확히 알고 서술방법을 익혀야 한다.

대부분의 교수는 첫 시간에 앞으로 강의가 어떻게 진행될지 자신이 가장 역점을 두고 있는 것이 무엇인지 알려준다. 또한 평가방법과 기준도 제시한다. 교수는 학생들에게 궁금한 점이 있으면 질문하라고 하지만 대부분의 학생들은 그저 그런가보다 하고 보충 설명이나 이해하지 못한 점에 대해서 확인하지 않는다.

무엇보다 교수에게 질문하는 것을 두려워하지 않아야 한다. 학문(學問)을 한자로 풀어 해석하면 '배울 학, 물을 문'이 아닌가? 대학에서 공부를 한다는 것은 기본적으로 배우고 질문하는 과정이다. 모르는 것이 있으면 주저하지 말고 질문하고 확인해야 한다. 질문하지 않으면 교수는 학생들이 잘 알아듣고 있다고 생각한다. 그렇게 이해하지 못한 부분이 쌓이면 학습에 대한 흥미가 떨어지고 집중도 안 된다. 서술방법을 정했다면 이제 본격적으로 글쓰기를 해보자.

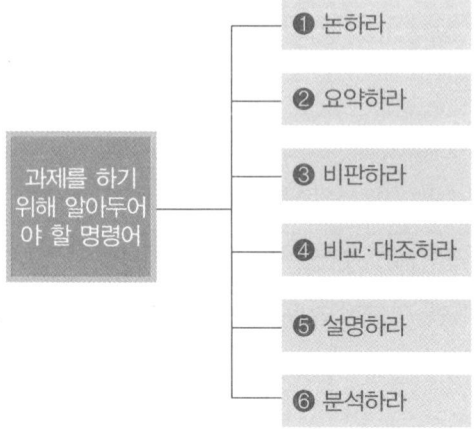

순서를 정하고
배열하라

"시작이 좋으면 끝도 좋다"는 말이 있다. 그만큼 무슨 일이든 시작이 중요하다는 뜻이다. 당신이 쓴 글을 읽게 될 사람은 글의 도입부를 보고 첫인상을 결정하게 된다. 이 글을 계속 읽을 것인가 아니면 그만둘 것인가 하는 판단도 글의 서두를 읽고 선택하게 된다. 그러므로 당신은 도입부를 어떻게 쓸 것인가에 대해 깊이 생각하고 써야 한다.

모든 글에는 하나의 흐름이 있다. 그 흐름이 자연스러우면 당신이 말하고자 하는 내용이 상대방에게 바로 전달되고, 그렇지 못한 경우는 당신이 하려는 말이 무엇인지 파악하기 어렵게 된다.

앞에서 글쓰기를 하기 전에 다양한 생각의 질을 따지지 말고 무조건 많이 끄집어내라고 했다. 이번에는 당신이 찾아낸 아이디어를 키워드 중심으로 묶어서 분류하여 같은 계열의 것끼리 묶고, 필요없는 것은 버려야 한다.

자료 수집이 얼마나 힘들었는데 이제 와서 모아놓은 자료를 버리라니 말도 안 된다고 생각할지 모르겠다. 그러나 과제에 직접 필요하지 않은 자료를 빼고 난 후 오히려 글의 초점이 선명해지는 것을 발견할 수 있다. 너무 다양한 자료는 당신의 논지를 분산시킬 수 있다. 이번에 사용하지 않은 자료는 다음 글쓰기 자료로 쓸 수 있다. 겁먹지 말고 과감히 정리해 두자.

글의 순서에 따라 써야 할 내용이 무엇인지 살펴보자.

서론 쓰기

자료가 정리되었다면 당신은 글의 첫머리에 무슨 말을 쓸 것인지 결정해야 한다. 과제물의 첫머리는 서론의 형식을 갖추어야 한다.

교수는 당신이 쓴 서론을 읽고, 당신 글의 목적과 방향, 입장, 이 글을 쓰게 된 동기, 시선을 사로잡을 인용문이 암시하고 있는 본론의 내용, 무엇을 문제의 핵심으로 생각하는가를 예상하게 된다. 서론의 형태는 전공분야에 따라 조금씩 차이가 있다.

서론의 형식은 규범적인 삼단구성의 형태가 될 수 있고, 형식을 떠나 문장의 형태로 쓸 수도 있다. 과제물의 분량에 따라 서론이 독립된 장으로 나누어질 수 있고, 한 줄의 문장으로 대신할 수도 있다. 중요한 것은 글의 길이가 아니라 서론을 통해 전체 글의 방향이 드러나야 한다는 점이다. 서론을 시작하는 방법은 다음과 같다.

1 흥미 있는 이야기로 시작하기 : 관심을 끌 때 좋다. 단, 당신의 논의와 관계가 있는지 고려해야 한다.

2 일반적 진술을 전제로 시작하기 : 구체적인 논제일 때 좋다. 제한적인 주제일 경우 단도직입적으로 시작할 수 있다.

3 용어에 대한 정의로 시작하기 : 화제나 화제에 대한 의미가 명확하지 않을 때 좋다.

4 의문형의 문제 제기나 화제 제시로 시작하기 : 널리 알려져 있거나 딱딱한 논제나 화제에 좋다. 쟁점을 부각시키며 시작하는 방법이다.

5 속담이나 격언, 남의 말을 인용하며 시작하기 : 일반 상식에 의존할 필요가 있을 때 매우 유용하다. 그러나 너무 흔한 속담이나 격언, 논지와 딱 맞아떨어지지 않으면 효과가 반감된다.

6 통계 자료를 인용하며 시작하기 : 사회 현상이 논제일 경우에 좋으며, 논의의 구체성을 살릴 수 있다.

7 구체적 경험이나 일화를 밝히며 시작하기 : 널리 알려져 있거나 딱딱한 논제나 화제에 좋다.

서론의 구성방법은 문제 발생의 과정과 연관성 있는 쟁점에 대해 언급하면서 문제의식을 고취시킬 수 있어야 한다. 또한 기존의 논의를 정리하고 자신이 논의하고자 하는 초점을 부각시키면서 문제를 쟁점화하기도 한다. 경우에 따라서는 제기된 문제에 대한 해결 방향을 제시하기도 한다.

서론에서 제기된 문제는 본론으로 연결된다. 그러므

로 본론에서 논증하기 어려운 사실이나 문제를 제기해서는 안 된다. 당신이 본론에서 논의를 발전시킬 수 있고, 증명할 수 있는 범위로 한정시켜 시작해야 한다.

본론 쓰기

본론은 당신이 말하고자 하는 가장 중심적인 내용이 담긴 글의 핵심 부분이다. 즉, 문제에 대해 독자적인 주장을 펴고, 그 주장에 대한 근거를 제시하여 상대방을 설득시키는 부분이다. 따라서 본론에서는 읽는 사람의 이해를 돕는 것에 그치지 말고 그들의 동조를 얻을 수 있어야 한다. 그러기 위해서는 자기 나름대로 견해를 내세우고, 그 근거를 조리 있게 밝혀 주장의 정당성을 입증해야 한다.

본론을 쓸 때는 서론에서 제시한 문제에 입각하여 그 범위를 벗어나지 않아야 한다. 논의의 타당성을 인정받기 위해서는 적절하고 충분한 근거를 제시하면서도 일관성 있게 전개해야 한다. 또한 앞에서 논의한 내용과 뒤에서 논의한 것이 서로 충돌해서는 안 된다. 글의 일관성은 당신의 주장을 하나로 부각시킨다. 제시된 주장과 논거, 논거와 논거는 인과적으로 잘 조직되어야 한다. 글의 유기적 구성은 글을 통일성 있게 만들어 준다. 마지막으로 접속어와 지시어 사용에 유의해야 한다. 접속어는 문장 간의 관계를 나타내므로 앞뒤 문장의 관계를 면밀히 검토한 후 신중하게 선택해야 한다.

결론 쓰기

결론은 지금까지 논의한 내용에 대한 잠정적인 결론을 내리거나 정리하는 글이 되어야 한다. 결론은 간결하고 인상적으로 처리해야 하며, 앞에서 논의한 내용과 일관성을 유지해야 한다. 학생들 중에는 뭔가 부족한 것 같아서 새로운 이야기를 시작하며 끝내기도 하는데 이는 잘못된 방법이다.

또 결론을 생략하는 학생도 있는데 결론은 앞에서 논의한 것을 반복하는 것이 아니라 글을 정리하고 마무리하는 단계이다. 결론쓰기의 유형 중 가장 일반적인 것은 다음과 같다.

1 내용을 요약하면서 끝맺는 방법

2 핵심적인 내용을 강조하는 방법

3 (요약+) 대안이나 전망을 제시하며 끝맺는 방법

4 논의를 종합(+ 대안 및 전망)하면서 끝맺는 방법

5 인용하면서 끝맺는 방법

　각 부분은 독립적으로 완성되어야 하고, 동시에 앞뒤의 글과 유기적인 관계를 유지해야 글 전체의 흐름과 논의가 자연스럽게 이어질 수 있다.

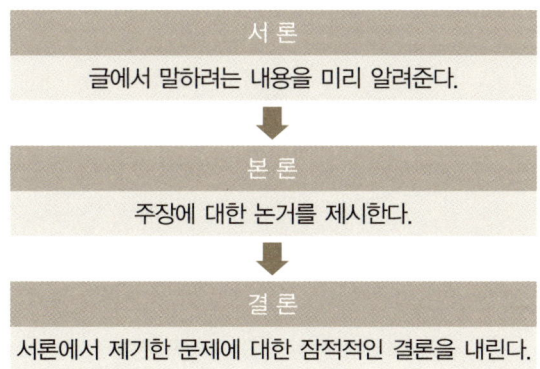

Point ▸ 글의 단계별 핵심 사항

● 수업 중에 주어진 과제를 서론, 본론, 결론으로 나누어 개요를 작성해 보자.

글의 흐름을
점검하라

　　　몇 가지 자료만 있으면 한 편의 글을 쓰는
것쯤은 큰 문제가 아닌 줄 알았지 쓰기까지 단계적으
로 검토하고 확인해야 할 사항이 이렇게 정교한 것인
줄 몰랐을 것이다. 하나하나 뜯어 놓고 살펴보면서 글
을 쓴다는 것은 손끝에서 시작되는 것이 아니라, 자신
의 내면과 지식, 상대방에 대한 고려, 글쓰기에 관한
규범까지 포함된 종합적인 활동이라는 것을 알게 되었
을 것이다.

　　당신이 완성한 글은 한 편의 글로 마무리되었지만
그렇다고 글쓰기가 끝난 것은 아니다. 당신이 미처 발

견하지 못한 잘못된 부분은 없는지 다시 검토해 보아야 한다. 글의 검토단계에서 동료와 돌려 읽기를 할 수 있다면 더욱 효과적인 마무리 작업이 될 것이다. 다 쓴 글을 검토할 때는 다음 몇 가지 사항을 염두에 두어야 한다.

1 글 전체를 검토해야 한다. 제목과 소제목이 내용과 일치하는지 살펴보고, 주제가 통일되어 있는지, 글의 흐름은 자연스럽게 연결되었는지, 목적에 맞는 내용인지 확인해야 한다.

2 문단을 검토한다. 중심 문단과 보조 문단은 잘 연결되었는지, 한 문단에 한 가지 주제가 들어 있는지, 문단과 문단은 명확하게 구분이 되었는지 살펴본다.

3 문장을 검토한다. 지시어, 접속어, 연결 어미 등이 자연스럽게 연결되었는지, 주어와 서술어, 수식어와 피수식어 등이 잘 호응되었는지, 문장이 지나치게 길거나 짧지는 않은지, 어색한 문장은 없는지 살펴본다. 하나의 문장에는 하나의 생각이 담겨 있어야 한다. 문장을 쓰다 보면 반복되는 어휘나 중복되는 표현이 있는데 압축적으로 고쳐 써야 한다. 습관적으로 관형

적 조사 '의'를 남발하게 되는데 주어와 서술어 형태로 바꾸어 써야 한다.

4 단어와 띄어쓰기, 맞춤법, 문장부호를 검토한다. 내용이 좋아도 사소한 실수가 글 전체의 인상을 좌우할 수 있다. 제출할 때까지 긴장을 늦추지 말아야 한다.

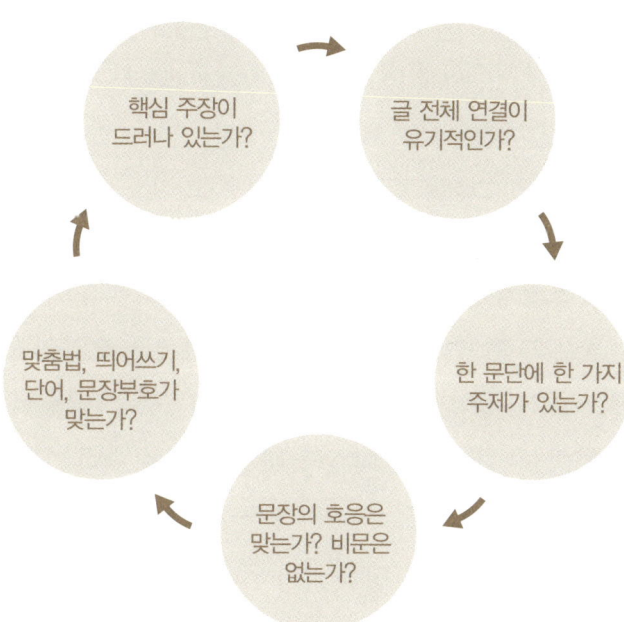

Point ↘ 글의 흐름을 점검하라.

소설가 박완서 선생은 전쟁 중에 미군 부대 PX에서 근무를 하게 되었는데, 그때만 해도 미군 기지에서 일을 한다는 것이 부끄럽고 다른 사람이 알게 될까봐 신경이 쓰였다고 한다. 선생은 미군부대 내에 있는 초상화부에서 미국 장병이 가지고 온 사진을 보고 화가가 초상화를 그릴 수 있도록 일을 나눠주고, 그림을 주문받는 일을 했다고 한다. 그때 만났던 화가가 박수근 화백이었다.

그 후로 얼마의 시간이 흐른 뒤 박수근 화백의 유작전에 다녀온 후 '아, 이렇게 뛰어난 사람과 함께 일을 했었구나' 하는 생각이 들어서 그를 기억하고 증언할 수 있는 글을 쓰게 되었다고 한다. 처음에는 논픽션으로 쓰려고 했지만 박수근 화백과 특별히 친분이 있었던 것도 아니어서 몇 줄 쓰고 나니 더 이상 쓸 내용이 없어서 그만두어야 할 지경에 이르렀다고 한다.

그때 '만약에 그의 아내가 화가의 아내로서 자격이 없고 돈만 좋아하고 사치스러운 사람이라면……' 하고 상상하며 글을 쓰기 시작하자, 이야기가 술술 풀렸다고 한다. 그렇게

소설가들의 글쓰기

해서 나온 작품이 박완서 선생의 데뷔작 〈나목〉이다.

　이청준의 소설 〈눈길〉은 어머니를 '노인'이라 부르며 어머니를 애써 외면하려고 했던 작가의 자전적인 이야기라고한다. 형과 자신을 차별했던 어머니에 대한 이중적인 마음이〈눈길〉로 이어졌다고 한다. 좋은 것은 형에게 주고 자신을홀대하던 어머니에 대한 미움과 그럼에도 불구하고 늘 그리웠던 어머니에 대한 마음이 〈눈길〉을 통해 해소되고 화해할수 있었다고 한다. 자전적 경험을 살려 작품을 쓰던 이청준은 말년에 동네에 전설처럼 전해 내려오는 독특한 사람들에관한 이야기를 모아서 남기고 싶어 했는데, 거창한 인물이아니어도 그 마을에 전해져 내려오는 한 사람 한 사람이 신화라고 생각되어서 그렇다는 말을 들은 적이 있다. 인간에대한 통찰과 이해야말로 이청준의 소설이 빛날 수 있는 원동력이 아닐까?

우리나라에 《빨강머리 앤》을 제일 먼저 번역 소개한 사람은 누구일까? 답은 아동문학가 신지식 선생이다. 우연히 책방에서 《빨강머리 앤》을 읽고, 전쟁 후 꿈을 잃어버린 소녀들에게 빨강머리 앤처럼 밝고 건강한 소녀의 이야기를 들려줘야겠다는 생각에 일주일에 한 번씩 이화여고 교지 〈거울〉에 번역을 해서 실었다. 교지가 나오는 날이면 학생들이 줄을 서서 기다리곤 했다고 한다. 선생은 80세가 넘은 연세에도 아침 운동을 하러 가는 길에 작은 돌멩이가 눈에 들어오고, 세상은 여전히 아름답고 즐겁다는 상상을 한다고 한다. 사소한 것에 눈길을 주고 의미를 찾아내는 작가의 마음은 아이들에게 희망이자, 즐거움이 되는 선생의 동화에 아직도 남아 있다.

소설가가 소설을 쓰는 이유는 제각기 다를 것이다. 그러나 그들은 자신의 삶을 소중하게 생각하고, 애정을 가지고 세상을 바라본다는 공통점을 지니고 있다. 박완서 선생은 "문학은 인간으로서의 자기 증명이고, 인간이 되는 데 필요

소설가들의 글쓰기

하며 중요한 근거"라고 말한 바 있다. 인간이 사고하고 자기를 표현할 수 있는 능력이 있다는 것은 다른 생물과 다른 존재라는 것을 확인할 수 있는 증거이다.

꼭 거창한 이야기나 논의가 아니어도 자신의 내면을 솔직하게 표현할 수 있고, 타인에 대해 애정 어린 관심을 가질 수 있다는 것은 인간만이 가진 특권이 아닐까? 자신을 사랑하고, 타인을 인정하는 일은 모든 글쓰기의 출발점이다.

04

시작이 반이다

글은 문장으로 구성된다
문장 쓰기, 이것을 주의하라
단락을 나누어라
다 쓴 글도 반복해서 확인하라

글은 문장으로 구성된다

과제를 제출하기 위해서는 한 편의 글로 자신이 연구하고 조사한 사실을 전달해야 한다. 이때 글은 어휘의 배열을 통해 하나의 문장이 된다. 즉, 글쓰기는 문장으로 구성되며, 문장을 이루는 기본 요소는 주어와 서술어이다. 하나의 문장은 궁극적으로 다음과 같은 기본 골격을 가지고 있다.

- 무엇이 어찌하다. (서술어가 동사)
- 무엇이 어떠하다. (서술어가 형용사)
- 무엇이 무엇이다. (서술어가 체언+서술격 조사)

여기에서 '어찌하다, 어떠하다, 무엇이다' 라는 서술어의 성질에 따라, 무엇이 어찌하다, 무엇이 무엇을 어찌하다, 무엇이 무엇이 되다, 무엇이 어떠하다, 무엇이 무엇이다, 무엇이 무엇이 아니다의 형태로 사용된다.

올바른 문장을 쓰기 위해서는 문장 구성의 원리를 잘 따라야 한다. 문장의 구성 원리는 다음과 같은 다섯 가지 원칙을 따라야 한다.

1 정확성 글 속에 문법에 맞지 않는 문장이 들어 있으면, 글 전체의 뜻이 달라질 수 있으며 글쓴이의 의도가 왜곡될 수 있다. 문법에 맞는 정확한 글을 쓰려면 조사, 어미, 시제, 서술어 등의 형태와 구실에 유의해야 한다. 문장 성분끼리 자연스럽게 호응되어야 문장의 뜻이 분명해진다.

2 경제성 문장은 필요한 어휘를 상황에 맞게 쓰되 경제적 효율성을 생각해야 한다. 문장의 경제적 사용이란 불필요한 반복을 피하고 문장을 간결하게 쓴다는 의미이다. 학생들은 종종 글쓰기를 할 때 논의를 진행한다는 말의 뜻을 정확하게 모르고 같은 내용을 어휘만

바꾸어 반복하는 잘못을 저지른다. 자신이 전달하고자 하는 핵심을 놓치면 이를 만회하기 위해 부연 설명을 하게 되고, 하나의 문장으로 담아낼 수 있는 내용을 불필요하게 늘어놓는 경우가 생긴다.

3 다양성 같은 서술어를 반복해서 사용하거나 단조로운 어휘의 사용은 글에 대한 흥미를 떨어뜨린다. 같은 상황이라도 대체할 수 있는 어휘를 찾아 변화를 주어야 한다. 비슷한 뜻이라도 적확한 어휘의 선택은 문장의 효과를 변화시킬 수 있다.

4 강조성 글에서 강조하고자 하는 단어, 구, 문장 부분을 따로 떼어서 강조하는 방법이다. 예를 들어, "사랑, 이 얼마나 아름답고 따뜻한 말이냐?"와 같이 의미를 부각시키기 위해 떼어놓을 수 있다. 우리가 흔히 알고 있는 도치법이나 병치법, 반복 등도 강조의 방법에 해당한다.

5 동어 반복 회피 반복할 필요가 없는 말은 같거나 비슷한 뜻을 지닌 다른 말로 바꿔 쓰거나 지시어 또는 접속어를 써서 반복을 피해야 한다.

| 좋은 문장 | = | 정확성 | + | 경제성 | + | 다양성 | + | 강조성 | + | 동어 반복 회피 |

문장 쓰기에서 기억해야 할 주의사항은 하나의 문장은 문장 자체로 의미를 생성하는 동시에 표현의 수단으로써, 독창성과 흥미를 유발할 수 있어야 한다는 점이다. 강조의 뜻이 없다면 반복되는 문장과 표현은 피해야 한다.

문장의 길이가 지나치게 길면 뜻을 파악하기 어렵고, 논리도 약하게 된다. 한 문장의 표준 길이는 50자 안팎인 것으로 추정된다. 한 문장에 쓰인 글자 수를 확인해 보면 자신의 글쓰기 습관을 알 수 있다. 너무 짧게 쓰면 의미 전달이 끊기는 인상을 줄 수 있으므로 주의해야 한다. 반대로 너무 길면 읽는 사람이 지루해할 수 있으므로 문장 구조를 단순하게 쓰는 것이 좋다.

한 문장에는 한 가지 개념이나 사실만 담아야 한다.

되도록 홑문장으로 쓰고, 대등절의 반복, 관형절화, 복문화 문장의 접속은 피해야 한다. 불필요한 문장을 삽입하거나 직접 인용을 길게 하는 것도 삼가야 한다.

간결하게 쓴다고 해서 꼭 있어야 할 성분을 생략하면 안 된다. 핵심 성분을 생략하면 뜻이 불명확하고 난해한 문장이 된다. 주어와 서술어, 수식어와 피수식어는 가능하면 가깝게 배치해야 한다. 예를 들어 "예쁜 저 소녀를 보아라"와 "저 예쁜 소녀를 보아라"는 강조하는 것이 다르다. 완성된 글은 논리적으로 연결되어 있는 동시에 흐름이 있어 음악적 리듬을 느낄 수 있다. 문장의 리듬은 문맥을 자연스럽게 이끌며 글의 진행 방향을 유도하게 된다.

문장 쓰기,
이것을 주의하라

문장 쓰기의 구성 원직을 알았다년 실세 문장을 쓸 때 주의해야 할 사항에 대해 알아보자.

1 한 문장에는 하나의 생각만 담아서 짧게 쓴다. 앞서 말한 바와 같이 한 문장은 50자 안팎으로 쓰는 것이 좋다. 장황한 문장은 객관성을 잃기 쉽고, 논리적 흐름에서 벗어나기 쉽다. 또한 길게 쓰다 보면 어법에 맞지 않거나 비문을 쓰기 쉽다.

2 문장 끝을 분명하게 한다. 학생들의 글을 읽다 보면 "~하지 않을 수 없다, ~라고 본다, ~측면에서는 ~수 있다, ~아닌가 한다, ~이 아닐까 싶다, ~했으면

한다"처럼 마무리를 하는데, 이러한 표현은 확신이 없어 보인다. 이도 저도 아닌 애매한 표현은 논지까지 흐리게 만든다. 자신의 주장을 펼 때는 적극적인 어휘와 서술어를 선택해야 한다.

3 외래어를 제대로 쓰자. 중국어를 한글로 적을 때, 원지음을 살려 한글로 적되, 필요하면 한자를 같이 써 준다. 예를 들어 덩샤오핑(鄧小平), 장제스(蔣介石)와 같이 쓴다. 일본어는 사람 이름이나 땅 이름을 모두 원지음대로 한글로 적되, 필요하면 한자를 같이 써 준다. 예를 들어 도쿄(東京), 히데요시(秀吉)라고 쓴다. 중국이나 일본 지명 가운데 오래 써서 이미 굳어진 말은 우리 한자음대로 한글로 표기해도 되는데, 예를 들어 '上海'는 상하이 또는 상해, '東京'은 도쿄 또는 동경으로 표기한다. 올바른 외래어 표기법은 부록을 참고한다.

4 '의'를 되도록 쓰지 말자. 원래 관형격 조사 '의'는 우리말 표현이 아니다. 보통 문장을 압축해서 쓰기 위해 사용하지만, 압축이 지나쳐 오히려 의미가 모호해지는 경우가 많다. '의'를 남용하면 우리말의 특징인 서술성이 약화된다.

130

5 영어 번역식 문장을 쓰지 말자. 영어에 대한 중요성이 강조되면서 문장 사용에도 영어 단어를 직역한 문장이나 관형어(절), 영어식 피동문을 사용하는 경우가 많다. 이때 관형어(절)는 부사어나 서술어로 바꿔 써야 하며, 피동문은 문장의 주체를 사람으로 내세우고, 의지나 판단을 표현할 때는 능동으로 쓴다.

6 어휘를 선택할 때 신중해야 한다. 편견과 선입견이 포함된 단어를 쓰지 않는다. 글은 글쓴이의 인격과 가치관까지 짐작할 수 있는 단서를 제공한다. 상대방에 대한 호칭어나 지칭어를 통해서노 상내방을 어떻게 판단하고 있는지 알 수 있다. 현대사회의 두드러진 특징 중 하나가 '다양성의 인정'이라는 점을 상기한다면, 소수자에 대한 비하나 편견이 드러난 어휘 사용은 자제해야 한다.

일반적으로 문장은 평서문으로 쓰되, 논리의 비약이나 주관적 해석을 피력할 때는 감정을 조절해야 한다. 일방적인 단언이나 극단적인 어휘는 독선적인 글로 보일 수 있다.

7 언어예절을 지켜야 한다. 인터넷이 급속도로 확

산되어 자기표현의 기회가 확대되면서 줄임말의 사용
과 인터넷 용어 사용이 일상 언어생활에까지 영향을
미치고 있다. 뜻을 알 수 없는 줄임말이나 속어, 은어
의 사용은 문장의 뜻을 훼손할 뿐만 아니라 상대방에
게 오해를 불러일으킬 수도 있다.

단락을
나누어라

한 편의 글은 의미의 최소 단위인 단어와 구, 절, 그리고 문장을 단위로 하는 단락 등이 모여서 이루어진다. 다시 말해 문장은 단락의 단위이며, 단락은 완결된 덩어리의 단위이다. 한 편의 글은 내용을 통째로 구성하는 것이 아니라, 작은 덩어리의 글이 유기적으로 연결되어 하나의 완성된 글이 된다. 여기서 문장의 작은 덩어리 글이 단락이다. 단락과 단락은 서로 긴밀하게 연결되어 논리적으로 인과관계를 드러내며, 논의의 순서를 밝혀준다. 단락과 단락의 구성이 유기적으로 연결되었을 때 설득력을 얻게 된다.

글쓰기가 미숙한 학생들은 자신의 생각을 정리하여 작게 나누어 글을 구성해야 한다는 사실을 모른다. 단락은 글 속에서 들여쓰기와 줄바꾸기 등을 통해서 형식적으로 구분되며, 한 가지 생각을 덩어리로 묶어서 다른 생각과 차별성을 갖는다. 단락과 단락은 글이 원인과 결과에 따른 구성인지, 정의와 설명의 관계인지 전체적인 글의 짜임새를 드러내고 의미를 분명하게 표현한다.

각 단락은 각기 중심적인 내용이 있다. 각 단락의 중심 내용은 단락 안에서 완결적인 동시에 글 전체의 주제와 연결되어야 한다.

단락의 구성 원리는 다음 네 가지로 모아진다.

1 통일성 한 단락 안에서 다루어지는 화제는 하나여야 한다. 한 단락에 둘 이상의 화제를 다루면 글쓴이가 하고 싶은 말이 무엇인지 읽는 사람에게 혼동을 일으킬 수 있다. 만약 둘 이상의 화제를 대등하게 다룰 수밖에 없는 경우라면, 그 자체도 통일된 인상을 주어야 한다.

2 일관성 단락을 이루는 여러 문장들은 긴밀한 결

합력을 보여주어야 한다. 단, 문장의 무의미한 결합이 아니라 문장의 일관성 있는 집합이라야 한다. 한 단락을 구성하는 문장은 단락의 중심 생각을 드러내는 데에 기여해야 한다. 글을 쓸 때 문장 간의 관계를 점검하고 중심 생각과 관련이 있는지 확인해 보면 불필요한 문장을 골라낼 수 있다.

3 완결성 단락은 주제 또는 중심 사상을 담은 부분과 이를 뒷받침해 주는 내용을 담은 부분으로써 완결된다. 이 같은 두 부분의 요지를 각각 한 개의 문장으로 나타낼 때, 이를 수제분과 뒷받침 문장이라고 한다. 이때, 문장의 완결성은 글의 주제에 따라 다르다.

4 강조성 중요한 내용을 진술하여 글 전체의 핵심과 글쓴이가 강조하는 점을 드러낸다. 핵심 단락이 드러나지 않으면 주제의 전달에서 실패하게 된다. "지금까지 논의의 요점은, 보다 중요한 것은, 결론적으로" 등으로 강조하거나, "첫째, 둘째, 셋째" 등으로 강조할 내용을 명확히 할 수 있다. 그러나 글이 논리적으로 구성되어 있지 않을 경우, 단순히 나열식 진술이 될 수 있으므로 주의해야 한다.

단락을 구분하는 이유는 전체 글을 한눈에 파악하기 어렵기 때문에 작은 부분으로 나누기 위해서이다. 각 단락은 전체 글 안에서 역할에 따라서 도입 단락, 발전 단락, 마무리 단락으로 구분할 수 있다.

❶ 도입 단락은 전체 글의 문제제기, 글의 목적, 글을 쓰게 된 동기, 쟁점 사항 등에 대해 확인한다.

❷ 발전 단락은 도입 단락에서 제기한 문제에 대한 본격적인 논의가 이루어지는 부분이다. 이론적 접근, 사례 제시, 사건의 경과 등 논의의 핵심을 밝히고 구체화시킨다.

❸ 마무리 단락은 앞서 펼친 생각의 결과를 요약하고 정리하는 부분으로 간결하고 명확하게 써야 한다. 막상 글을 마무리하게 되었을 때 내용이 빠진 것 같고, 좀 더 써야 할 것 같은 불안감에 새로운 문제를 시작하기도 하는데, 마무리 단락은 논의 결론을 정리하는 것에서 멈추어야 한다.

단락과 단락은 논리적으로 연결되면서 논지가 드러나고 구체화된다. 단락과 단락의 관계는 의미상 접속어를 통해서도 짐작할 수 있다.

● 접속어의 유형

유 형	앞뒤 문장과의 관계	접속어
순 접	조건, 이유에 대한 결과	그러니, 그래서, 그러므로 등
역 접	반대, 대립되는 내용	그러나, 그렇지만, 그렇더라도 등
보충 · 첨가	덧붙여 강조하거나 해설되는 내용	그리고, 더구나, 게다가, 단, 뿐만 아니라 등
전 환	다른 내용의 도입	그런데, 그렇다면 등
요 약	대등한 자격으로 연결	즉, 요컨대, 다시 말하면 등
대등 · 병렬	전후 문장의 반복, 대비에 의한 접속	및, 혹은, 또한
비유 · 예시	앞 글에 대한 실례, 비유	예컨대, 이를테면
선 택	둘 이상의 사항 중 어느 하나를 선택해야 할 때	또는

다 쓴 글도
반복해서 확인하라

글을 쓰는 전 과정에서 글쓴이는 끊임없이 자신의 글을 평가하고 그 결과를 반영해야 한다. 그리고 글을 다 쓴 후에도 고쳐쓰기를 해야 한다. 이와 같은 '퇴고하기'에는 부가와 삭제, 재구성의 원리를 따른다. 한 편의 글을 완성하기란 생각보다 어려운 일이었을 것이다. 그렇다고 글쓰기가 끝난 것은 아니다. 다쓴 글은 다시 소리 내서 읽어보고 쓰는 동안 놓치거나 알아채지 못한 부분에 대한 손질을 해야 한다. 글을 쓰고 있는 동안에는 자신의 생각에 빠져 있어서 글의 오류가 잘 보이지 않는다. 초고가 완성되었다면 몇 가지

항목으로 나누어 점검하고 완성해 보자.

　퇴고를 할 때는 우선 빠진 내용이 없는지, 자신의 생각이 충분하게 드러났는지, 요구사항에 맞게 작성되었는지 확인해 보아야 한다. 빠진 부분이 있으면 글이 허술해 보이고 설득력도 떨어지게 된다. 단어나 구문, 문장, 단락이 빠진 것이 없는지, 논거가 부족하지 않은지, 중요한 문장이 제대로 표현되었는지 점검해야 한다. 빠진 부분은 채워 넣으면 된다.

　글의 논시를 뚜렷하게 드러내기 위해서는 핵심적인 문장을 남기고 불필요한 내용이나 반복되고 있는 내용을 빼야 한다. 글을 완성하기 위해 한 문장 한 문장 심혈을 기울여 쓰다 보면 문장을 삭제한다는 것이 쉽지 않을 것이다. 그러나 당신의 글이 선명하게 보이지 않는다면 그건 내용이 부족한 것과 불필요한 내용이 많기 때문이다. 중심 생각을 드러내는 데 방해가 되는 문장은 과감하게 빼야 한다.

　흔히 군이 필요하지 않은데도 문장 간의 연결을 자연스럽게 하려는 의도로 접속어를 많이 사용한다. 그러

나 과도하게 접속어를 사용하면 오히려 문장이 부자연
스럽게 보이므로 피해야 한다. 논리적인 흐름이 중요하
지 형식적인 요소를 통해 문장을 연결하는 것은 최소화
해야 한다. 강조를 한다는 것이 중언부언이 되어 초점
이 흐려지지 않도록 유의해야 한다.

문장 하나하나는 잘 썼는데 글 전체의 흐름이 매끄
럽지 못한 경우가 있다. 이럴 땐 글 전체의 구성을 눈
여겨봐야 한다. 문장과 문장의 관계, 단락과 단락의 연
결, 도입, 발전, 마무리의 순서가 논리적으로 문제가
없는지 살펴야 한다. 글은 일정한 흐름이 있고, 시작에
서 끝으로 이어지는 연결이 자연스러워야 한다. 이러
한 글의 흐름은 순서만 바로잡아도 한결 안정적으로
보인다.

마지막으로 부적절한 어휘나 개념이 사용되었다면
대체할 수 있는 개념이나 어휘로 바꾸도록 한다. 가장
최선의 것을 취해야 하므로 신중해야 한다. 문장상의
오류는 대개 주술관계의 호응이 맞지 않아서 비롯된
것이 많으니 이 점을 주의 깊게 살펴보아야 한다.

퇴고할 때 구체적으로 검토할 사항은 다음과 같다.
글을 쓸 때마다 점검표로 활용해 보자.

● 퇴고 점검표

❶ 주제가 명료하게 드러나 있는가?   ☐

❷ 주제문 이외의 다른 부분들이 효과적으로 주제문을   ☐
   뒷받침해 주고 있는가?

❸ 논지가 구체적으로 드러나 있는가?   ☐

❹ 각 단락은 제 역할을 하고 있는가?   ☐

❺ 본론이 배열되어 있는 순서는 적절한가?   ☐

❻ 논리적 순서가 잘못되어 있지 않은가?   ☐

❼ 각 단락의 길이는 적절한가?   ☐

❽ 단락과 단락을 연결하는 접속어가 논리적 맥락에 맞   ☐
   게 사용되고 있는가?

❾ 단락 간의 균형이 맞는가?   ☐

❿ 본론에 쓴 예나 근거가 적절한가?   ☐

⓫ 각 문단은 중심 문장과 뒷받침 문장으로 잘 구성되어   ☐
   있는가?

⓬ 각 문장은 어법에 맞고 그 의미가 명료한가?   ☐

⓭ 각 문장이 뜻하는 바가 분명한가?   ☐

⓮ 문법적으로 정확한 문장인가?   ☐

⓯ 맞춤법과 문장부호를 제대로 사용했는가?   ☐

1 주어와 서술어는 문장의 기본이다.

우리말의 문장 구성은 '주어+서술어'의 형태로 이루어졌으며, 이 호응관계가 어긋났을 때 비문이라고 한다. 흔히 문장이 길어지면 비문이 되기 쉽다.

2 조사와 보조사를 정확하게 사용하라.

우리말은 조사나 어미에 따라 문장의 성분이 드러난다. 주격조사 '이/가'와 보조사 '은/는' 사용을 혼동하는 경우가 있다. 주격조사는 체언(명사, 대명사, 수사) 뒤에 붙고, 보조사는 체언이나 부사, 어미, 격조사 등에 자유롭게 붙는다.

내가 사람이다.(주격조사) → 나는 사람이다.(조사 생략)

극장에서 떠들지 마라.(부사격조사) → 극장에서는 떠들지 마라.(조사 생략 안함)

3 문맥에 맞는 단어를 선택하라.

다음은 남 몰래 선행을 베풀고 있는 김모 씨의 이야기입니다. 이 미담의 장본인인 김모 씨는 알려지는 것이 부

문장강화 10가지 노하우

끄럽다며……

어떤 일을 꾀하여 일으킨 바로 그 사람을 '장본인'이라고 하며, 일을 나쁘게 만든 사람의 의미로 쓰인다. 좋은 일에서는 '주인공'이라는 말을 쓴다. 이렇게 사전적 의미는 같더라도 문맥에 맞지 않는 어휘는 반드시 가려 써야 한다.

4 단문으로 시작하라.

소설가 김훈은 간결한 문장 쓰기의 대표적인 인물이다. 모 프로그램 인터뷰에서 '주어와 서술어'로만 구성된 문장으로 소설을 써 보고 싶다는 말을 한 적이 있다. 수식이 빠진 문장은 사실 전달에 가장 효과적이기 때문이라고 한다. 생각을 간결하고 정확하게 전달하고 싶다면 단문으로 시작하라.

5 '~들' 사용에 주의하라.

문맥을 통해서 복수임을 짐작할 수 있는 어휘가 있을 경우, '~들'을 챙겨서 사용하지 않아도 된다. 어려서부터 받아온 "복수에는 's'나 'es'를 붙여야 한다"는 영어 주입식 교육이 우리말에 필요 이상으로 적용되고 있다.

6 중복을 피하라.

"서울 <u>역전</u> 앞에서 만나는 걸로 하자."

서울 역전은 이미 '서울역 앞'이라는 의미로, '앞'을 중복 사용하고 있다. '자리에 <u>착석해 주십시오</u>', '짧게 <u>약술하다</u>'
(자리에 앉다) (짧게 기술하다)
도 여기에 해당된다.

7 수식어와 수식을 받는 말은 가까이에 두어라.

나는 저 <u>예쁜 꽃을 달고 있는</u> 아가씨를 사랑한다.

나는 <u>예쁜 꽃을 달고 있는 저</u> 아가씨를 사랑한다.

나는 예쁜 <u>저 꽃을 달고 있는</u> 아가씨를 사랑한다.

위의 예문에서 핵심적인 의미는 '나는 아가씨를 사랑한다'이다. 그러나 예문의 밑줄 친 부분에서 알 수 있듯이 각 문장마다 의미가 조금씩 다르다. 따라서 수식하는 말은 수식을 받는 말 가까이에 있어야 한다.

문장강화 10가지 노하우

8 존대법을 바르게 지켜라.

교수님, 저희 홍길동 선배님께서 아프셔서 수업에 못 들어오신답니다.

예문을 보면 화자와 청자, 주체의 관계를 알 수 없다. 이 문장은 "교수님, 홍길동 선배가 아파서 수업에 못 들어온다고 합니다"라고 하면 된다. 단, '저희나라'라는 말은 없고, '우리나라'라고 해야 바른 표현이다.

9 접속어를 빼고 논리로 승부하라.

글쓰기에 서툰 사람들은 앞뒤 문장을 논리적으로 연결할 수 없어서 접속어로 연결하기 바쁘다. 접속어로 앞뒤 문장의 관계를 밝히고 있다면 접속어를 빼고 문장을 다듬어 보자.

10 문장부호를 적절히 사용하라.

문장부호 사용이 서툰 학생이 있는데, 기본적으로 문장이 끝나면 마침표, 물음표, 느낌표 등 문장의 의미에 맞는 문장부호를 사용해야 한다.

chapter

05

하늘은 스스로
돕는 자를 돕는다

잘 모르겠으면 질문하라

동료에게 점검을 부탁하라

다른 사람은 어떻게 썼는지 찾아보라

자기 자신을 격려하라

잘 모르겠으면
질문하라

글쓰기를 잘하려고 마음은 굳게 먹지만 한 자도 쓸 수 없을 때가 있다. 나름대로 머리도 써 보고 구상을 해봐도 별 뾰족한 수가 안 떠올라 난감했던 적이 있었을 것이다. 과제가 의미하는 것이 무엇인지 정확하게 모를 때 대충 감으로 했다가는 낭패를 보기 쉽다. 과제와 관련된 문제를 해결하는 가장 좋은 방법은 담당 교수에게 직접 질문하는 것이다. 결국 당신은 담당 교수에게 과제를 제출할 것이고, 그는 당신이 제출한 과제를 평가한다. 교수에게 과제의 의도와 평가 기준을 물어보면 가장 효과적으로 대처할 수 있다. 교수에게 질문을 할 때도 절차와 방법이 있다. 무작정 어떻게 하면 좋은 점수를 받을 수 있는지 물을 수 없는 노릇이다.

교수들은 대부분 스스로 아무것도 탐구하지 않은 학생에게 정보를 알려주지 않는다. 학생은 자기 나름대로 과제를 하려고 노력했으나 풀리지 않는 문제점이나 보충해야 할 사항이 없는지 혹은 참고할 만한 자료가 무엇인지 구체적인 사항에 대해서 질문을 해야 한다. 질문이 애매하면 답변도 애매할 수밖에 없다. 질문에도 좋은 질문과 나쁜 질문이 있다.

〉〉〉 나쁜 질문 사례

학생 : 박경리 작가의 작품을 분석하려고 하는데 어떤 작품이 좋을까요?

교수 : 왜 박경리 작가를 분석하려고 하지요? 박경리 작가의 문학적 특성 중 어떤 점을 중심으로 분석하려고 합니까?

학생 : 글쎄요…… 아직 거기까지 생각해 보지 않았는데요.

교수 : 우선 박경리 작가의 작품을 읽어보고 문학적으로 독특한 점이 무엇인지 살펴보고 그중 어떤 점에 집중할 것인

지 생각해 보세요.

학생 : 그냥 대표작품 중심으로 하면 안 되나요?

교수 : ……?

당신과 대화를 나누는 동안 교수는 여러 가지 사실을 알게 되었을 것이다. 당신이 과제를 하기 위한 예비작업이 하나도 되어 있지 않고 과제를 낸 의도를 모르고 있다는 것, 과제를 적극적으로 하지 않고 마지못해 해치우려고 한다는 사실도 알아챘을 것이다. 그리고 나중에 당신이 제출한 과제를 받았을 때 자신이 짐작한 것들이 사실인지 아닌지 확인해 볼 것이다. 만약 제출한 과제가 부실할 경우 당신과 나누었던 대화를 상기하며 평가에 반영하게 된다. 다음 사례를 통해 효과적으로 질문하는 방법에 대해 알아보자.

>>> 좋은 질문 사례

학생 : 저는 박민규 소설의 알레고리적 측면에서 동물을 기호로 삼은 부분과 문체적 특징에서 의성어, 서체나 문단(시각화)이 나타내는 것이 어떻게 주제를 부각시키는 효과를 내

150

느냐를 분석하려고 합니다. 《카스테라》를 중심으로, 《삼미 슈퍼스타즈의 마지막 팬클럽》, 《핑퐁》, 또 이효석 문학상 수상 작품들을 살펴보았는데요. 그 텍스트들이 워낙에 다양한 기호들을 담고 있어서, 어떤 작품을 중점적으로 다루어야 할지 고민입니다.

교수 : 지금 생각하고 있는 여러 가지 주제 중에서 어떤 점에 집중하고 싶은지 생각해 보세요. 이미 작품을 다 읽었다면 한 작품 전체를 분석하지 말고 그런 특성이 드러나는 텍스트의 면면을 고찰하는 가운데 그 작가만의 문체적 특성을 밝혀보는 것도 좋습니다.

학생 : 만약에 알레고리적 측면에서 동물을 기호로 삼는 작품을 추천해 주신다면 어떤 작품이 좋을까요?

교수 : 《그렇습니까? 기린입니다》가 대상 작품이 될 수 있겠지요.

학생 : 네. 그럼 다시 한 번 검토한 후에 말씀드리겠습니다.

교수 : 언제든지 도움이 필요하면 질문하세요.

첫 번째 사례와 두 번째 사례의 가장 큰 차이점이 무엇인지 생각해 보라. 당신의 질문에 따라 교수의 태도도 달라진다. 질문은 과제와 가장 직접적으로 연관된 사항과 교수의 안목이 필요한 것으로 해야 한다. 글 전체의 맥락이나 방향성 등에 대해서 물어도 좋고, 글의 형식적인 부분에 관해서 질문해도 좋다. 다만 당신은 아무 노력도 하지 않고 교수가 대신 해결해 주길 기대하지 말아야 한다.

● 과제를 하는 도중 답답했던 점이 있었다면 질문으로 만들어 보고 그것에 대한 답변을 스스로 찾아보라.

질 문	답 변

동료에게
점검을 부탁하라

당신이 어떤 주장을 펼치고 싶은지 정하고, 과제에 유용한 자료를 수집하여 그것을 필요에 따라 분류하고, 중요한 핵심내용을 요약·정리해 놓았다면 글쓰기를 위한 준비를 마친 것이다. 당신은 글의 순서를 정하고 간략하게 개요를 작성해 본 다음 본격적으로 글쓰기에 돌입했을 것이다. 쉽지 않지만 정해진 분량을 채우고 내용도 나름대로 괜찮은 것 같은데 아직 부족함이 느껴진다면 소리 내서 글을 읽어보라. 반복해서 읽다보면 거슬리거나 어색한 부분이 드러난다. 때론 눈으로 읽었을 때 몰랐던 오류를 잡아낼 수 있다.

글이 입에 자연스럽게 읽힐 때까지 반복적으로 읽어 보라. 원고를 퇴고할 때 눈으로 훑어보면서 하려고 하지 마라. 아직 당신은 척 보면 어디가 틀렸고 무엇을 빼고, 더해야 하는지 잘 모른다. 반복적으로 읽어보고, 고치는 과정이 필요하다. 최소한 당신에게만큼은 익숙해졌다면 동료에게 한 번 읽어줄 것을 부탁해 보라. 글은 못 쓰더라도 다른 사람의 문제점은 금세 알아챌 수 있다. 같은 수업을 듣는 동료는 당신과 비슷한 눈높이에서 부족한 부분을 찾아내 줄 것이다.

같은 수업을 듣는 동료끼리 글을 돌려 읽는 것은 글의 내용을 점검하는 데 도움이 될 뿐만 아니라, 각자 글의 완성도를 높이는 데도 효과적인 방법이다.

좀 더 정교한 점검이 필요하다면 과제를 제출하기 전 담당 교수에게 잠깐 검토해 줄 것을 부탁하라. 교수의 눈이 가장 정확하지 않겠는가? 담당 교수는 한눈에 당신 글의 장점과 단점을 알아볼 것이다. 처음엔 쑥스러워서, 교수와 친하지 않아서 망설여질 것이다. 그러나 당신은 글을 잘 써보기로 마음먹지 않았는가? 잠깐 어색하겠지만 학생이 교수에게 지도를 부탁하는 것은 자연스러운 일이다.

겁먹지 말고 도전하라. 교수에게 도전하는 것이 아닌 자기 자신에 대한 도전이다. 수줍고 수동적인 자신과 싸워 이겨야 한다. 적은 외부에도 있지만 아무것도 시도하지 않는 내부의 적이 가장 강력하고 무서운 법이다. "자기를 이기는 자가 천하를 얻을 수 있다"는 말도 있지 않은가? 얼마나 어려운 일이면 천하를 얻는 것과 비교가 되겠는가? 달리 이야기하면 그만큼 성공한 사람이 많지 않다는 말이기도 하다. 그러니 실망하지 마라. 당신이 천하를 얻을 차례이다.

● 당신이 쓴 글을 다른 사람에게 보여주고 객관적인 판단을 받아보라.

스스로에게 내린 평가	다른 사람이 내린 평가
개선해야 할 점	

다른 사람은
어떻게 썼는지
찾아보라

글쓰기 준비가 부족한 사람은 다른 사람의 글을 잘 읽지 않는다. 가까운 동료의 글을 읽는 것도 귀찮아한다. 대충 읽고 대충 생각하고, 대충 쓰고, 대충대충 하다 보면 실력은 항상 그 자리 그대로 머물게 된다. 다른 사람의 글을 읽어보는 것은 지식과 정보를 얻는 방법이기도 하지만 글을 보는 안목을 길러주는 연습 과정이다.

일단 동료들의 글을 읽어보라. 그러면 그들의 수준과 당신의 차이를 확인할 수 있을 것이다. 잘 쓴 동료의 글을 읽고 벤치마킹하는 것도 좋은 방법이다. 평가가 좋은 학생의 글은 확실히 장점이 있다. 자료가 풍부하고 관점이 참신하거나, 안정적인 구성방식과 독창적인 표현력 등 무언가 당신과는 다른 장점이 있다.

동료의 글을 읽어보았다면 다음에는 당신이 공부하고 있는 과목과 관련된 자료를 읽어보라. 다른 연구자가 같은 내용을 어떻게 해석하고 이해하고 있는지 알 수 있다. 수업과 관련된 글은 당신이 수업을 듣는 동안 무엇에 주안점을 두고 들어야 하는지 단서를 제공할 것이다. 결국 그늘이 관심을 갖고 있는 부분이 그 과목의 핵심적인 내용과 맞닿아 있기 때문이다.

당신은 잘 쓴 글과 부족한 글, 평범한 글과 독창적인 글, 내용이 충실한 글과 허술한 글을 읽으며 글의 수준과 판단기준을 생각하게 될 것이다. 과연 어떻게 쓴 글이 잘 쓴 글인지, 글을 쓴다는 것은 문자의 나열이 아닌 생각의 표현이라는 사실도 알게 될 것이다. 이 사실을 깨닫게 되면 왜 글쓰기를 가르치면서 사고력의 문제를 집중적으로 강조했는지도 깨닫게 된다.

좋은 글을 많이 읽으면 지식이 쌓이고, 책 속에 드러

난 올바른 판단과 실천을 통해 당신의 의식도 변하게 된다. 글쓰기와 관련해서 생각해 보면, 좋은 글은 표현과 구성의 좋은 예가 될 수 있으며 당신이 본받아야 할 모범이기도 하다. 좋은 글은 내용이 충실하고, 읽는 사람으로 하여금 다양한 생각을 유도하고, 미처 알지 못했던 사실을 알려준다. 책을 다 읽고 나면 감동을 주기도 하고, 교훈을 주기도 하고, 나를 반성하게 만들기도 한다. 때론 잊고 지냈던 것들에 대한 주의를 환기시켜 주어서 새로운 활기를 불어넣기도 한다.

적극적인 독서가가 되고 싶다면 같은 주제를 다룬 여러 종류의 책을 읽어보기도 하고, 같은 필자의 다른 책을 읽어보아도 좋다. 또 아주 독창적이고 실험적인 글을 읽으면 굳어 있는 생각을 열어주고, 새로운 아이디어를 생성시켜 주기도 한다. 아주 규범적인 글은 당신의 혼란스러운 입장을 정리하는 데 도움이 될 것이다.

지금 당장 당신에게 필요한 책은 가깝게는 당신이 듣고 있는 수업과 관련된 책이다. 최소한 과목 담당 교수가 추천한 참고도서는 반드시 읽어야 한다. 처음 한

권을 읽을 때는 하얀 부분은 종이, 까만 것은 글씨 정도로 읽힐 것이다.

내용이 눈에 안 들어올 테지만 두세 권 읽다 보면 어느새 지난번에 읽었던 내용이 지금 읽는 책의 배경지식이 되고 있다는 것을 발견할 수 있다. 이렇게 지식이 겹쳐지기 시작하면 책 읽기가 훨씬 쉬워지고 속도도 빨라진다. 여기서 책 읽기가 쉬워진다는 것은 그 방법을 터득한 것이고, 핵심내용과 뒷받침하는 내용을 조화롭게 읽을 수 있다는 것을 의미한다. 일단 책 읽기가 익숙해지면 글의 문법이 자연스럽게 학습되고 구조화된다.

다른 사람의 글을 통해 글의 구조와 체계를 익히고 나면 글을 쓸 때 큰 도움이 된다. 이 말은 당신이 다른 사람의 글을 아무리 많이 읽었다고 하더라도 그것이 글쓰기 능력으로 바로 연결되지 않는다는 뜻이다. 왜냐하면 글 읽기는 드러난 것을 따라가며 의미를 파악하면 되지만, 글쓰기는 아무것도 없는 것을 구체화하는 작업이기 때문이다. 글쓰기는 직접 써 보고, 고쳐 보는 등의 반복적인 연습이 필요한 작업이다.

하루에 적은 양의 글이라도 매일 적어보라. 처음에는 짧고 자유롭게, 점차 양을 늘리면서 주제를 정해서 쓰기 연습을 하라. 주제일기를 쓰는 것도 방법이다.

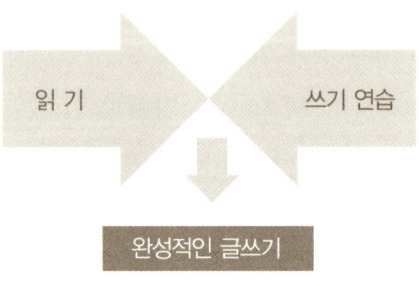

읽 기   쓰기 연습

완성적인 글쓰기

Point ▸ 좋은 글쓰기의 필수 요건

● 최근에 읽은 책에 대해서 당신의 생각을 적어보고, 다른 사람은 어떻게 판단하고 있는지 조사해서 비교해 보시오.

나의 생각	○○○의 생각
다르게 판단 하는 이유와 근거	

자기 자신을
격려하라

당신은 스스로의 나태함과 소극적인 태도를
너무도 잘 알고 있다. 그렇다 보니 "에이, 내가 마음 먹
어봤자 작심삼일이지" 하고 포기하기도 쉽다. 왜냐하
면 나의 결심을 아는 사람은 자신밖에 없으니까 중도
에 그만두어도 별반 표가 나지 않는다고 생각한다. 그
러나 표가 나지 않아도 포기가 반복되다 보면 스스로
를 믿지 않게 된다. 자신을 믿을 수 없으면 열정도 줄
어들고 목표도 흐려진다.

목표가 없는데 어려움을 극복할 의지가 생기겠는
가? 성공한 사람들의 이야기를 들어보면 공통적으로

꿈이 있어 어려움을 이겨낼 수 있었다고 말한다. 삶의 목표를 갖는다는 것은 불가능을 가능으로 바꾸는 마술과도 같은 힘이 있다. 당신의 삶의 목표는 무엇인가? 목표에 도달하기 위해 당신은 오늘 무엇을 해야 하는가? 목표를 정하고 거꾸로 그 목표를 달성하기 위해 하루를 어떻게 보내야 할지 확인해 보라. 또 지금 힘들어하는 글쓰기가 당신이 원하는 삶을 살기 위해 어떻게 쓰일지 상상해 보라.

글쓰기와 관련된 직업을 가질 것이 아니라면 글쓰기는 삶의 목표가 아니라 당신이 원하는 삶에 기까이 갈 수 있도록 놓인 징검다리와 같다. 이 징검다리가 띄엄띄엄 있다면 건너가기 힘들 것이다. 당장은 힘들겠지만 좀 더 가깝게 징검다리를 놓는다면 훨씬 안전하고 빠르게 목표를 향해 갈 수 있을 것이다. 글쓰기를 잘하기 위해서 글쓰기 연습 말고 또 무엇을 연습해야 하느냐고 묻는다면 생각하는 연습을 권하고 싶다.

생각도 반복적으로 연습하면 어떤 상황이 발생했을 때 어떻게 판단해야 좋을지 방법이 떠오른다. 평소에 생각하기를 싫어하고 즉흥적인 판단을 믿고 행동했다면 이번 기회에 글쓰기에 도움이 되는 생각하기도 함께 연습해 보라. 생각이 신중해지면 상황을 판단하는 태도도 신중해지고, 태도가 신중해지면 선택과 행동도 신중해진다. 행동이 신중해지면 실수를 줄일 수 있고, 실수가 줄어들면 자신에 대한 믿음이 커지고 자신감도 생긴다. 당신에게 생긴 자신감은 글쓰기에 대한 자신감으로 자연스럽게 이어질 것이다.

아침에 일어나서 제일 먼저 거울을 보며 이렇게 말을 건네 봐라. "넌 할 수 있어. 잘하고 있어! 난 널 믿어" 하고 스스로를 격려하라. 주변에 가족도 있고 친구도 있지만 그들이 항상 나를 격려하고 위로해 주기란 어려운 일이다. 왜 남이 나를 안 알아주나 원망하지 말고 스스로 위로하고 격려하며 자신과 친해지도록 노력해야 한다. 자신을 잘 이해해야 무엇을 원하고 꿈꾸는지 알 수 있다. 그래야 과정의 어려움을 건강하게 이겨낼 수 있다. 용기 내서 도전해 보라. 당신은 점점 대학에서 요구하는 글쓰기에 익숙해지고 능숙해지고 있다.

● 당신의 미래를 1년, 5년, 10년 단위로 나누어 기대하는 것과 그것을 이루기 위해 무엇을 실천해야 하는지 써보자.

구분 단위	기대하는 삶	실 천 사 항
1년 후		
5년 후		
10년 후		
20년 후		
30년 후		
40년 후		

　의사소통이 이루어졌다는 것을 어떻게 알 수 있을까? 나는 상대방과 소통이 이루어졌다고 만족하고 있는데 나중에 보면 나만의 생각이었던 경험은 없었나? 일반적으로 의사소통이 원활하게 된다는 것은 원만한 인간관계를 통해 확인할 수 있다. 인간이 인간과 관계를 형성하는 과정을 살펴보면 합리적인 근거나 특별한 조건 때문에 이루어지는 경우보다 왠지 끌려서, 혹은 느낌이 좋아서와 같이 비이성적인 이유로 관심을 갖게 되는 경우가 더 많다. 인간관계는 조건과 노력으로 해결되지 않는 미묘함이 작용한다.

　1963년 기상학자인 에드워드 로렌츠는 베이징에서 나비가 날갯짓을 하면 미국 노스캐롤라이나의 허리케인에 영향을 미칠 것인가에 관해서 오랫동안 연구하였다. 연구 결과는 '그렇다'이다. 오늘날 '나비효과(Butterfly Effect)'라고 불리는 로렌츠의 가정은 전혀 상관없이 보이지만 거대한 결과를 낳는 사소한 원인 등 예측할 수 없는 것에 대한 이론이다.

　로렌츠의 이론을 의사소통 관계에 적용해 보면, 나비의 사소한 날갯짓에 해당하는 것으로 밝은 표정과 인사성을 들

소통 없이 글 쓰려고 하지 마라

수 있다. 너무나 당연하고 사소해 보이는 이 행동은 당신에 대한 평가에 거대한 영향력을 미친다. 밝은 표정과 인사성은 대학생활에 꼭 필요한 행동지침인 동시에 원만한 인간관계를 위해 반드시 익혀야 할 습관이다.

교수와 학생은 일방적으로 주고받는 수직적인 위계관계는 아니다. 오히려 협력자나 조력자 관계에 가깝다. 조력자에게 친절하게 대하는 것은 예의이자 의무이다. 교수는 학생에게 지식을 전달할 뿐만 아니라, 인간적인 관계를 중요하게 생각한다. 교수와 동료에게 친절한 것을 아부와 혼동하지 마라. 친절은 상대방을 존중하고 애정을 가졌을 때 생기는 마음이다. 교수나 동료와 편안한 관계를 유지해야 학교생활이 즐겁다. 그들과 원만한 관계를 유지하기 위해 다음 행동지침을 기억해 두면 도움이 될 것이다.

첫째, 교수와 동료를 차별하지 마라. 교수와 학생 모두에게 다정하게 미소 짓고, 먼저 인사한다면 당신에 대한 인상이 달라질 것이다.

둘째, 교수에게는 수업과 관련한 질문을 하라. 그들은 가르치고, 알려주는 것을 좋아한다.

셋째, 동료와 어려움을 공유하라. 동료는 경쟁자이자 당신의 고통을 가장 잘 아는 사람이다. 서로의 어려움을 공유하고 해결하는 과정에서 동료애가 쌓이고, 믿음도 두터워진다.

넷째, 튀지 말고 화합하려 노력하라. 한 사람만 나선다고 수업이 잘 운영되는 것은 아니다. 오히려 서로서로 격려하고 학습동기를 유발했을 때 그 효과가 배가 된다.

다섯째, 눈가림용 속임수를 쓰지 마라. 처음에는 감언이설에 모두 속는 것처럼 보이지만 진실만큼 위력이 큰 것도 없다. 교수와 동료에게 항상 진실하게 대해야 한다.

여섯째, 당신의 마음을 말로만 표현하려 하지 말고, 몸짓, 표정, 억양, 어투, 태도 등을 통해서도 보여줄 수 있어야 한다. 우리가 대화를 나눌 때 상대방이 한 말의 내용에 영향을 받는 것은 18퍼센트 안팎이라고 한다. 나머지는 내용보다 말하는 사람의 태도를 비롯한 비언어적 요소를 통해 판단하게 된다고 한다.

소통 없이 글 쓰려고 하지 마라

주변 사람을 편안하게 해주는 사람 곁에는 늘 사람이 따른다. 그들은 당신이 어려움에 처했을 때 당신을 지원하고 힘이 되어 줄 것이다. 의사소통을 할 때 당당하되 겸손해야 하는 이유가 여기에 있다. 사람을 좋아해라. 많은 문제가 해결된다. 자신을 좋아하는 일이 첫출발이라는 것은 두말 하면 잔소리다.

06

백문불여일견

百聞不如一見

리포트는 요구에 맞게 써라
감상문은 내 생각과 느낌을 담아 써라
프레젠테이션은 시선 집중이 관건이다
포트폴리오는 의미 있는 삶의 흔적이다

리포트는 요구에 맞게 작성하라

대학에 처음 들어와 당황하게 되는 여러 문제 중 하나는 리포트 제출에 관한 것이다. 모든 과목에서 한 학기에 적게는 한두 개, 많게는 매주 리포트가 부과되곤 한다. 리포트를 어떻게 작성해서 제출하느냐에 따라 성실성과 학습 능력이 판가름 나기 때문에 리포트 작성법에 대해 정확히 익혀둘 필요가 있다.

리포트(report)의 사전적 정의는 조사나 연구, 실험 등의 결과에 대한 보고서 혹은 학생이 교수에게 제출하는 소논문(小論文)이다. 그러나 실제로는 대학의 교과과정에서 학생에게 부과되는 일련의 과제를 총칭하는 말이다. 리포트는 해당 과목과 관련하여 학생의 이해 정도를 확인하고, 나아가 필요한 서적이나 자료를 읽게 하여 심화·확장된 지식을 얻게 함으로써 각 과목에 대한 학생의 관심도를 높이기 위해 부과된다.

리포트를 작성할 때 우선 교수가 요구하는 리포트의 성격이 무엇인지를 정확히 이해해야 한다. 단순히 내용을 요약하는 것인지 혹은 하나의 주제를 자유롭게 선택하여 조사해야 하는 것인지, 평가와 견해를 포함시켜야 하는 것인지 정확히 알고 있어야 한다. 과제를 부과한 교수의 의도와 그 의도에 적합한 글을 작싱해야 한다. 대개 교수는 과제의 평가 항목 및 방식을 미리 고려하고 리포트를 부과한다. 이때 리포트 작성이 어려워 인터넷 자료를 다운받아 재편집하여 제출하는 것은 부적절한 행동이다. 아직은 미숙하고 논리적인 결함이 있다고 하더라도 배움의 결과만이 아니라 교육 과정 자체가 교육의 일환임을 잊지 말아야 한다.

대학은 학문적 지식만을 익히는 곳이 아니다. 학생들은 대학에서 전문적인 지식을 배우고 익히며, 사회의 구성원으로서 알아야 할 기본 소양과 자질을 키우게 된다.

실험·관찰 보고서나 답사·조사·발굴 보고서의 경우, 성실한 자세와 객관성의 확보가 가장 필요하다. 특정 주제와 관련하여 필요한 과정에 참여하거나 자료를 모은 후 그것을 세밀하게 검토하고 정리하는 작업은 지루하거나 힘든 작업이지만, 학생이 연구에 임하는 자세는 연구 결과에도 영향을 미치게 된다. 리포트의 성격을 잘 모르는 학생의 경우 일반적인 사실을 조금씩 조합하여 제출하는 경우가 있는데 이럴 경우 좋은 점수를 받을 수 없다. 교수가 요구하는 것은 사실의 나열이 아니라 자료를 통해 얻게 된 학습의 결과와 과정을 확인하는 것이기 때문이다.

이때 요구되는 능력이 창의성이다. 주어진 과제에 대한 창의적인 사고는 연구 주제를 바라보는 관점이 새로울 수도 있고, 연구 방법이 참신하거나 연구 대상을 차별화 할 수도 있다. 이러한 과정을 통해 같은 주제라 할지라도 서로 다른 개성적인 글이 탄생하게 되는 것이다.

학생들은 개성이나 창의라는 말이 나오면 뭔가 엉뚱하고 낯선 것을 떠올리는데, 창의적 사고의 바탕은 타당성 확보에 있다는 점을 알아야 한다. 기발한 발상에 대해 수긍할 수 있어야 한다는 말이다. 현대사회는 인터넷의 발달로 정보나 지식을 찾고 활용하는 데 훨씬 수월해졌다. 그러나 자료를 무한정 많이 구할 수 있어도 그것을 선별할 능력이 없으면 아무것도 얻지 못한 것과 다를 바 없다. 무한한 정보 중에 내게 유용한 자료는 많지 않다. 연구 주제와 가장 긴밀한 관계를 가진 자료를 토대로 인식의 폭을 깊게 했을 때 좋은 리포트를 쓸 수 있다.

리포트를 작성하면서 학생 스스로 탐구하며 성취감을 경험하고, 지식을 채워나가면서 성숙한 인간으로 성장하게 된다. 인터넷을 통해 필요한 자료의 목록을 확인하고 또 적합한 정보를 수용하여 기본적인 지식 습득의 과정을 거치는 것은 시대적인 흐름이라고 할 수 있다. 그러나 이렇게 얻은 자료를 함부로 사용하면 안 된다. 모든 과제는 사고 과정을 거쳤을 때 비로소 지식으로 쌓이게 되는 것이다. 이렇게 쌓인 지식은 문제를 해결할 수 있는 능력으로 자리 잡게 된다. 리포트를 잘 작성하여 좋은 학점만 받으면 된다는 성과주의 사고방식은 결국 자신을 부실한 지식인으로 만들게 될 것이다.

리포트의 종류에 따라 절차와 서술이 조금씩 다르지만 기본적으로 지켜야 할 공통 사항은 다음과 같다.

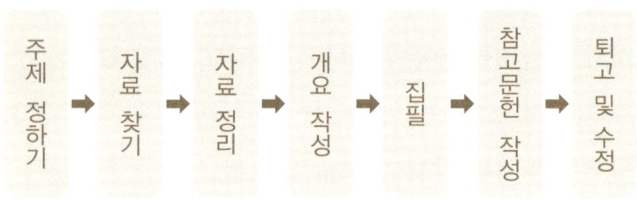

Point ▸ 리포트 작성시 지켜야 할 기본 과정

이제 리포트 및 연구논문 작성 절차에 대해 더 자세히 알아보자.

주제 정하기

주제는 필자가 주장하고자 하는 중심 내용을 뜻한다. 글쓰기에서 제일 먼저 주제를 잡아야 하는 이유는 주제를 통해 자기가 쓰려는 글의 성격과 절차가 정해지기 때문이다. 주제 설정을 정확하고 구체적으로 잡아야 글의 일관성을 유지할 수 있으며 논점도 살아난다.

주제는 포괄적인 것에서 세부적이고 구체적인 범위로 한정시켜 잡는다. 왜냐하면 포괄적으로 주제를 설정하면 글의 논점이 흐려질 수 있으며 수박 겉핥기식 논의가 되기 쉽다. 처음에는 주제의 범위를 작고 자기가 잘 알고 있는 지식을 활용할 수 있는 범위에서 잡는다. 예를 들어 '환경오염의 원인과 실태 연구' 보다 '수질오염의 주범인 생활 오수를 줄여야 한다' 처럼 구체적이고 완전한 문장의 형태로 작성해야 한나. 주제문은 자료조사와 연구 과정 중에 수정되거나 좀 더 구체적으로 드러나기도 한다.

자료 찾기

자료를 찾고자 할 때에는 일차적으로 주제와 관련된 서적을 먼저 읽고 연구 방향과 내용을 정해야 한다. 도서관은 지식의 보물 창고라고 할 수 있다. 인터넷이 아무리 발달했다고 하더라도 출판 도서는 여전히 유용한 자료이다. 요즘은 도서관의 자료가 전산화되어 있으므

로 해당 주제의 키워드를 중심으로 관련 자료를 검색한
다. 이때 키워드로 찾은 자료가 모두 연구에 도움이 되
는 것은 아니다. 찾은 자료의 목차나 서론 등을 확인하
여 적절한 자료인지 확인한 후에 선택하는 것이 좋다.
그리고 선택한 자료를 꼼꼼하게 읽고 정리해야 한다.

리포트나 연구논문 작성시 가장 중요한 점은 자료로
활용되는 내용이 신뢰할 수 있는 것이어야 한다는 점
이다. 신뢰할 수 있는 자료란 해당 분야 전문가의 글이
나 축적된 지식을 근거로 하고 있는 글, 출처가 분명한
글, 학술 전문지나 신문, 검증받은 기관의 보고서나 조
사기관의 통계 및 설문 결과 등이다.

자료 정리하기 _ 독서카드의 활용

자료를 정리할 때는 독서카드를 활용해 보자. 자료
를 찾고 정리해 나갈 때 자신이 읽은 자료를 목록으로
정리해 두지 않으면 리포트를 작성할 때 인용 자료의
출처를 확인할 수 없는 경우가 발생한다. 아주 짧은 글
의 경우는 기억력을 발휘하여 쓸 수 있을지 모르지만
대개의 리포트나 연구논문의 경우 인간의 기억력만으

로는 부족한 부분이 있다.

독서카드는 목록카드와 자료의 내용을 요약한 자료카드로 나눌 수 있다. 목록카드는 독서카드를 만들기 위해 제일 먼저 간단하게 자신이 읽은 자료에 대한 정보를 정리해 두는 것이다. 여기에는 저자, 자료 및 책 제목, 서지사항(출판지, 출판사, 출판연도 등) 등을 기록해 둔다. 자료카드에는 자신이 읽다가 참고해야 할 부분을 옮겨 적거나 생각을 요약하여 기록해 두는데 이때 항상 해당 쪽수를 적어 두는 것이 좋다. 작성된 독서카드는 주제별, 연도별, 자료의 성격별로 나누이 관리한다. 자료 정리를 통해 자신의 주제문이 구체적으로 드러나면 개요를 구성하기 시작한다.

개요 작성하기

개요란 자신이 쓰고자 하는 글의 전체 구조를 체계화하여 순서를 정하는 일이다. 일반적으로 개요를 '글의 설계도' 라고 하는데 이는 개요가 글의 전체적 구상을 확정짓는 과정이기 때문이다. 개요를 작성한 후 글을 쓰면 좀 더 체계적이고 정돈되게 쓸 수 있으며, 동시에 전달의 효율성도 높일 수 있다.

글의 체계가 잡히면 일관성을 유지하고 논리의 자연스러운 흐름을 이끌어낼 수 있다. 개요 작성이 치밀하고 세부적일 때 집필이 한결 쉬워진다. 개요 작성을 하지 않으면 내용이 중복되거나 생략되는 경우가 발생하며, 논의의 자연스런 흐름을 놓칠 수 있다. 글의 일관성과 흐름을 놓치면 논지가 흐려지고 의도했던 글과 다른 글이 될 수 있다. 개요를 작성했다 하더라도 머릿속으로만 구상하고 글로 표현해 두지 않았다면 개요 작성을 했다고 보기 어렵다. 어떤 종류의 글을 쓰든지 글의 경제적인 집필과 논의의 일관성을 유지하기 위해서는 필수적인 부분이다.

일반적으로 리포트는 서론, 본론, 결론의 삼단구성이 기본이다. 여기에서 삼단구성이란 기계적인 구성을 말하는 것이 아니라, 전체 내용의 도입 글과 중심 내용, 마무리 글로 구성된다는 것을 의미한다.

서론에는 앞으로 글의 방향과 목적, 문제 제기 등을 쓴다. 본론에서는 세부 항목들의 층위를 어떻게 설정할 것이지 결정해야 한다. 상위와 하위에 놓을 것을 각각 구분하고 이를 적절하게 배치하는 작업이 필요하다. 한 편의 글은 자연스러운 흐름을 갖게 되는데 이 흐름은 논의의 순서에 따라 형성된다. 무엇을 먼저 말하고 나중에 말할 것인가에 따라 글이 달라지는데, 대개는 문제의 실태→ 원인→ 경과→해결방안 순으로 구성한다.

개요를 작성하는 방법은 크게 화제 개요와 문장 개요로 나눌 수 있다. 화제 개요는 각 단계별로 중요 내용을 문장이 아닌 핵심어구만을 사용하여 작성하는 개요를 말한다. 간단하고 쉽게 다룰 수 있으며, 넓은 내용을 다룰 수 있고, 작성 시간이 짧다. 짧은 글이나 구조가 단순한 글, 쉽게 이해할 수 있는 내용의 개요를 짤 때 주로 사용한다.

이와 달리 문장 개요는 각 단계별로 중요 내용을 주어와 서술어를 갖춘 완전한 문장 형식으로 정리한다. 글의 구조나 주제가 복잡한 내용일 때 주로 사용한다. 화제 개요보다 자세하고 구체적이지만, 완전한 문장으로 작성하는 만큼 시간이 많이 필요하다.

● 서론 · 본론 · 결론의 주요 내용

구분	구 성		주요내용
서론	도입과 문제 제기		• 연구동기(필요성)와 목적 • 주제 제시 · 문제 제기 • 주제범위와 기술방향 · 방법 등에 대한 개요
본론	문제 해결 방안 제시	본론 1	• 배경 및 기술 발전 요약 • 문제점에 대한 분석
		본론 2	• 여러 해결방안을 제시 • 분석, 예시, 인용, 실험자료, 통계를 제시 • 예상 반론과 해결방안에 대한 장단점 제시
		본론 3	• 해결방안에 대한 입증 및 검증 • 해결방안에 구체화와 유효성 • 검증 자료 제시
결론	주제 재확인 및 제안		• 본론의 요약정리 • 주요 핵심 해결사항을 정리 • 새로운 과제에 대한 방향 제시와 전망

184

집필하기

일반적으로 리포트나 연구논문의 서술방식은 설명과 논증이 주로 사용된다. 연구자의 평가나 비평을 요구하지 않는 보고서 등에는 설명이 주로 쓰이고, 연구자의 주장을 분명하게 내세워야 하는 글에서는 논증이 필수적이다. 하나의 주제를 잡아서 연구자의 연구 결과와 평가를 써야 할 경우 논의의 신뢰성을 높이기 위해 논증의 서술방식을 선택해야 한다.

주석과 참고문헌 작성하기

일반적으로 리포트나 연구논문의 경우 글의 객관성을 유지하기 위해서 다양한 자료를 참조하여 글을 쓰게 되는데, 이때 특히 주의해야 할 것은 참조한 자료의 출처를 밝히는 일이다. 이를 밝히지 않을 경우, 남의 글을 단순히 베끼는 것이 되거나 표절이 될 수 있다. 표절은 학문적 도둑질에 해당하는 나쁜 일이므로 반드시 인용 자료의 출처를 밝혀야 한다. 특히 요즘처럼 손쉽게 자료를 접할 수 있는 환경에서 연구자 각자 학문적 윤리의식을 강화하는 것이 학문의 시작이다.

인용의 경우, 글의 일정 분량을 그대로 옮겨 적거나 (직접 인용), 혹은 자신의 글 속에 일부를 포함시켜 쓰는 (간접 인용) 방법이 있다. 어떤 종류의 인용이든지 간에, 그에 따른 주석 처리를 해야 한다.

주석은 크게 각주(脚註), 미주(尾註), 내주(內註) 등 세 가지로 나눌 수 있다. 각주는 저자, 도서명, 출판사, 출판연도, 인용 쪽수 순으로 적고, 각 페이지의 하단에 출처를 밝힌다. 미주는 각 장이나 글의 마지막에 일괄하여 정리하는 것을 뜻한다. 내주는 참고한 자료의 간단한 정보만 밝히는 것으로 대개 반복하여 인용하거나 참조할 경우에 사용된다. 이는 각주 대신 본문에서 간략하게 자료의 출처를 밝히고자 할 때 사용할 수 있는데, 이때에는 필자 이름과 출판연도, 인용 페이지를 괄호 안에 쓰면 된다.

수정 및 퇴고하기

어떤 종류의 글이든 다 쓴 후에는 다시 읽으면서 전체적인 측면에서 재검토하는 작업을 거쳐야 한다. 이를 퇴고라고 한다. 퇴고는 단순히 틀린 글자나 문장을 손질하는 수준을 넘어서 글 전체를 자신의 의도에 맞춰 재조정하고 전달의 효율성을 고려하여 재배치하는 작업이 되어야 한다. 그러므로 글의 전체 구조에서부터 시작하여 세부적인 작은 단위로 고치는 것이 좋다.

● 논문평가 지침표

구 분	점검 내용
제 목	• 논문의 제목이 결론에 부합되는가?
서 론	• 연구 배경(문제점)이 명료하게 기술되었는가? • 제기된 문제점이 중요한가? • 연구 목적이 분명하게 기술되었는가? • 창의성이 있는가?
대상 및 방법	• 연구 방법이 충분히 설명되었는가? • 연구 방법이 문제점의 해결에 적합한가?
결 과	• 분석 결과가 명확하게 제시되었는가? • 결과의 타당성의 신뢰도가 정립되었는가? • 결과가 학술적 또는 현실적 측면에서 가치가 있는가?
고 찰	• 제기된 문제점의 해결에 필요한 내용이 충분히 고찰되었는가? • 주안점과 관계없는 내용이 기술되지는 않았는가?

결 론	• 제시된 본론의 논거가 결론을 충분히 뒷받침하고 있는가?
체 제	• 논문이 논리적으로 구성되어 있는가?
표 및 그림	• 표와 그림이 논문의 중요 내용을 대표하고 있는가? • 표와 그림의 수가 적당한가?
영문초록	• 초록이 간결하고 중요 내용을 포함하고 있는가?
문 헌	• 필요한 문헌만을 인용하였는가?

감상문은 내 생각과
느낌을 담아 써라

감상문은 왜 써야 할까? 책을 읽거나, 영화를 보거나, 음악을 듣거나, 미술 전시회에 가서 그림을 보았을 때 감동적이었고 즐거웠으면 됐지 굳이 감상문을 써야 하는 이유가 무엇일지 생각해 보자. 교수가 학생들에게 과제를 부여할 때는 나름의 이유가 있다. 특히 다양한 형식과 내용을 요구하는 것은 글의 형태에 따라 학습효과가 다르게 나타나기 때문이다.

독서감상문은 말 그대로 자신의 느낌과 정서적 반응에 집중해서 쓰면 된다. 그렇다면 나의 느낌과 정서적 반응은 어떻게 표현할 수 있을까? 한 권의 책을 읽을 때 우선 이야기의 줄거리가 떠오르고, 등장인물, 시간적·공간적 배경, 시대적 상황, 누구의 이야기인가, 누가 이야기를 전달하고 있는가 하는 이야기와 관련된 다양한 사실들이 드러난다.

독자는 이렇게 수집된 정보를 가지고 시간을 순서대로 재구성하거나, 사건이 벌어진 순서를 따져 보거나, 사건의 원인과 결과를 묻기도 하고, 인물의 행동 원인을 찾아보기도 한다. 이러한 과정 중에 특정 인물에 동정이나 분노를 느끼기도 하고, 때론 자기 일인 양 마음이 아파 눈물을 흘릴 때도 있다.

책을 읽는 동안 일어나는 반응은 작가가 의도한 것일 수도 있고, 독자의 처지에 따라 다르게 나타나기도 한다. 이때 중요한 것은 작가가 어떤 의도를 가지고 책을 썼느냐 하는 사실보다 독자가 책을 읽는 동안 경험한 변화이다. 독서감상문은 대상 텍스트에 대한 독자의 주체적 읽기의 반응 결과이다. 다른 사람이 내린 평가보다 책을 읽는 본인의 느낌과 정서적인 변화가 중요하다. 그러므로 독서감상문을 쓰기 위해 책을 읽을 때는 자신의 내면에 충실해야 한다.

학생들 중에는 자신의 판단과 느낌이 틀린 것이 아닌가 하는 두려움에 자신의 생각을 표현하기보다 이미 나와 있는 평가를 따르는 경우가 많은데 이것은 잘못된 자세이다. 독서감상문을 쓰면서 옳고 그름을 따지기보다는 내가 찾아내지 못한 의미가 없는지 좀 더 세심하게 읽는 데 집중해야 한다. 작가가 이 텍스트를 통해 독자에게 건네는 말은 무엇이며, 그것의 의미가 무엇인지 곰곰이 생각해 볼 필요가 있다.

작가는 텍스트를 통해 자신을 드러내고 자신의 내면에 숨겨진 생각들을 함께 나누고 싶어 한다. 독자는 작가의 기억, 사상, 상상력, 정서, 세계관, 문학적 표현 등을 통해 텍스트를 이해하고 자신을 되돌아보게 되며, 타인을 바라볼 수 있는 기회를 얻게 된다. 이때 자신이 느낀 점과 새롭게 알게 된 사실, 잊고 지냈던 삶의 진정성을 회복하게 된 과정을 글로 표현한 것이 독서감상문이다.

자신의 생각을 일목요연하게 정리해서 글로 쓴다는 것은 생각만큼 쉽지 않다. 독서감상문을 잘 쓰기 위해서는 책을 꼼꼼히 읽어야 한다. 이때 생각의 근거는 텍스트에 있으므로 그 내용을 정확하게 이해하는 것이 필수이다. 스토리만 기억하지 말고 왜 그런 일이 벌어지게 되었는지, 인물은 어떤 태도인지, 무엇을 바라보고 있는지, 이유를 생각하면서 읽고 간단한 사실은 메모를 해두면 좋다.

책을 다 읽고 난 후에는 가장 기억에 남는 사실을 바탕으로 느낌이 들어난 제목을 붙여본다. 제목을 붙이면 글의 중심 내용과 본인이 무엇 때문에 감동했는지 알 수 있다. 글의 첫머리는 책을 읽게 된 동기부터 쓰면 된다. "과제 때문에 읽게 되었다, 친구의 권유로 읽게 되었다, 제목이 눈에 띄어서 읽게 되었다, 표지가 마음에 들어서 사게 되었다" 등 자신이 이 책을 읽게 된 동기를 밝히면서 시작하면 된다. 그렇게 읽게 된 책의 "내용이 어떠하며, 인물 중 누구는 나와 비슷하고, 또 다른 인물은 이해가 안 가고, 어떤 장면에서는 눈물이 나왔고, 어떤 장면에서 웃음이 터져서 한참 혼자 데굴데굴 굴렀다"는 등 반응과 그 이유를 밝혀 적으면 된다.

책의 내용이 충분이 이해되었다면 "이 책이 왜 쓰였

을까? 이 책과 비슷한 내용의 다른 책은 같은 사실을 어떻게 다루고 있을까? 같은 작가의 다른 작품은 없나?" 하는 텍스트 외적인 사실과도 연관 지어 생각해 본다. 분명 백년 전 다른 나라의 이야기인데 현재 나의 삶과 연계시켜 이해할 수 있는 것은 없는지 자신을 중심에 두고 생각하다 보면 왜 그 책을 읽어보라고 했는지 의미를 찾아낼 수 있다.

책 읽기는 자신의 경험을 되살려 주기도 하고, 감동을 전하기도 하며, 자신의 생활을 되돌아 볼 수 있도록 해준다. 글의 마지막 부분에서는 깨달음이나 앞으로의 결심을 쓰는 등 특별히 정해진 규칙은 없다. 그때그때 자신이 하고 싶은 말로 마무리를 짓는다.

다음의 독서감상문을 읽어보면, 책을 읽은 후에 벌어진 반응을 함께 공유할 수 있다.

지극히 반항적인 시봉이와 함께

학생 글

《최순덕 성령충만기》는 참 두려운 책이다. 왜 두려운가. 그 이유는 내가 보기에 이 책이 지극히 반항적이었기 때문이다. 왜 반항적인가. 이 책은 우리가 속해 있는 자본주의, 우리나라, 기존의 가치관(종교), 합법적인 스승(교육체계), 우리를 속박해 온(우리는 그것을 속박이라고 표현하진 않지만) 그 모든 것을 시봉이라는 칼로 예민하게 자극하고 있기 때문이다.

책을 살펴보면 꽤 재미있는 현상을 볼 수 있다. 책은 하나로 통일되지 않은 각각의 에피소드로 나열되어 있으며(등장하는 주인공은 똑같다. 물론 이름만) 글의 형태도 마음대로 구성되어 있다. 그런데 이것 역시 반항적이지 않나 싶다. 어쩌면 이데올로기일 수 있는, 누군가가 강요하지 않지만 꼭 그렇게 해야 할, 길고 정돈되어 있는 장문으로 써야 하는, 그럼에도 그런 틀에서 벗어나고픈 작가의 욕망이 고스

194

란히 묻어 있기 때문이다.

시봉이란 인물은 그러한 작가의 욕망을 대변한다. 자신의 상징계에서 말이다. 자신이 가지고 있는 눈을 통해 세상을 바라본다. 그리고 작가는 그것을 내 앞에 보여주려고 했을 것이다.

그런데 한 가지만 생각해 보자. 이 책의 무엇이 반항적인가? 왜 반항적이라고 표현하나? 내가 내린 판단을 놓고 나는 대답을 할 수 없었다. 참 우스운 일이다. 언제든지 모든 글과 책은 성경처럼 쓸 수 있고 랩처럼 쓸 수 있는데 말이다. 《최순덕 성령충만기》가 그런 의미에서 안 번쯤 의문을 제기해 보는 것이 왜 반항적이냐는 것이다. 스스로 난감한 노릇이다. 결국 이것은 하나의 결론을 도출해내고 말았다. 이 책은 '텅빈 발화'를 넘어 '꽉찬 발화'를 하고 있었다는 것을…… 그리고 꽤나 주체적이고 능동적이었다는 것을 말이다.

나의 상징계는 시봉의 상징계보다 덜 건전했을지도 모른다. 즉, 원래 내 모습에 대해 더 반항적이었는지도 모른다. 억압과 권위 안에서 현실적인 선택을 해온 나로서는 잘못된 상징계를 갖게 되었을 가능성이 있기 때문이다. 나는

스스로를 억압하고 구속하며 나 자신에게 거짓과 반항을 일
삼았을지도 모른다고 생각하게 되었다. 그것이 비록 현실적
인 선택이었을지라도 말이다.

나는 이미 수십 년에 걸쳐 구축해 놓은 상징계를 다시
수정하기란 쉽지 않다는 것을 알고 있다. 그런 의미에서 내
게 진실은 참 불편한 것이다. 그러나 한번 이렇게 되돌아 살
펴보니 속이 좀 시원하다. 시봉이가 적어도 책 안에서 나를
대신해서 싸워주었기 때문이다. 거대한 똬리를 틀고 있는
세상을 향해 말이다. 그곳으로 기꺼이 자신의 몸을 던진 시
봉이. 참 착한 녀석이다. 그런 의미에서 시봉이와 나는 참
의미 있는 시간을 보냈다고 생각한다.

위 글은 이기호의 《최순덕 성령충만기》라는 소설집
을 읽고 쓴 독서감상문이다. 이 글에서 학생은 묻고 답
하는 형식으로 텍스트의 독특한 점을 평가하고 있다.
전문적인 지식을 활용하지 않고도 문학적 가치를 드러
낸 글이다.

● 부록에 있는 추천도서 중 한 권을 선택하여 읽은 후 감

상문을 작성해 보자.

실전 글쓰기

프레젠테이션은
시선 집중이 관건이다

프레젠테이션(presentation)이란 청중들
에게 전하고자 하는 메시지를 전달하는 것을 의미한
다. 이때 전하고자 하는 메시지는 어떤 의견일 수도 있
고, 아이디어일 수도 있다. 여기서 중요한 사실은 전달
하고자 하는 의견이나 아이디어를 상대에게 설득시키
고자 한다는 데에 있다. 요컨대 프레젠테이션이란 일
종의 '설득하기'이며, 상호 간의 의사소통을 성사시키
는 데에 목적이 있다.

대학에서 발표 수업을 할 때 흔히 프레젠테이션을
하게 된다. 발표 원고를 작성하고 인쇄물을 가지고 발

표할 때와 프레젠테이션을 하는 것의 가장 큰 차이는 시각적 효과에 있다. 시각적 이미지를 활용하여 청중의 주의를 환기시키고 전달하고자 하는 목적을 극대화하여 청중의 행동을 바꾸거나 수긍하게끔 하는 것이 궁극적 목표이다. 그러므로 지루한 문장으로 가득 찬 화면이나, 화면의 전환이 지연된다면 프레젠테이션 본래의 효과를 떨어뜨릴 수 있다.

프레젠테이션에 활용되는 자료는 시각 자료, 청각 자료, 그리고 시청각 자료가 있다. 시각 자료에는 사진, 그림, 그래픽, 삽화 등, 청각 자료에는 음악, 음향, 내레이션 등, 시청각 자료에는 비디오나 영화 같은 영상 자료들이 활용되며 프레젠테이션 작성에 도움을 준다.

프레젠테이션을 효과적으로 수행하기 위해서는 다양한 매체를 활용해야 한다. 아날로그 매체인 슬라이드 필름, OHP, 화이트보드, 플립 보드, 디지털 매체인 PC가 대표적이다. PC를 이용한 파워포인트가 현재 가장 많이 사용되고 있는 프레젠테이션 형태이다. 복합 매체는 아날로그 매체와 디지털 매체를 복합적으로 사용하는 형태로 화이트보드에 키워드를 사용하며 프로

젝트를 비추면서 이루어진다.

　프레젠테이션의 작성시 꼭 기억해야 하는 사항은 다음과 같다.

　1 목표를 정하라. 프레젠테이션 준비 작업지와 계획서를 작성할 때 확실한 목표를 세우고 구성하지 않으면 의미 없는 프레젠테이션이 되기 쉽다. 의사 결정을 이루게 하는 것이 목표인지, 이해시키고자 하는 것이 목표인지, 오락이 목표인지를 우선 정하고 난 후에 효과적으로 프레젠테이션을 실행하기 위힌 전략을 세워야 한다.

　담당자의 연락처, 이메일 주소, 주제, 목적, 제목, 원고 마감일, 장소, 기자재, 청중 리스트 등을 항목별로 작성하여 작업지를 만들고 누가 의뢰하였으며 개최일은 언제이고 주제가 무엇인지에 관한 계획서를 작성하면서 목표를 설정해야 한다.

　목표를 정할 때는 5W 2H로 표현하면 더욱 좋다. 5W 2H란 who(누가), when(언제), where(어디서), What (무엇을), why(왜), how(어떻게), how(얼마나)를 의미한다.

2 청중을 분석하라. 프레젠테이션은 듣는 이를 이해시키고 설득시키는 데에 목적이 있다. 따라서 청중의 속성과 태도, 요구하는 사항, 그리고 프레젠테이션이 실행되는 장소와 환경을 살펴보아야 한다.

발표 수업을 대비한 프레젠테이션에서 청중은 담당 교수와 동료들이므로 그들이 기대하는 바가 무엇인지, 주제를 부각시키기 위해서 준비해야 할 사항이 무엇인지, 예비지식 정도, 청중의 관심이 무엇인지 고려하면 된다.

프레젠테이션의 주제는 청중이 듣고 싶고 기대할 만한 것이어야 한다. 따라서 프레젠테이션의 주제 결정은 청중의 목적, 관심사, 주어진 영역 등에 따라 이루어져야 한다.

3 시나리오를 구성하라. 프레젠테이션에도 순서가 있다. 프레젠테이션의 결론이 주제이다. 주제란 발표자가 청중들에게 전달하고자 하는 핵심내용이자 가치가 있는 것이어야 한다. 프레젠테이션의 구성은 효율성을 높이기 위해 삼단구성으로 한다. 결론이 정해졌으면 이를 증명해 나갈 수 있도록 근거를 제시해 가는 과정이

필요하다. 프레젠테이션은 결론을 증명해 나가는 논리적 과정이기 때문이다.

서론에서는 발표자에 대한 소개와 인사를 하고 청중과 간단한 교감을 시도하는 것이 좋다. 그러고 나서 결론을 미리 제시한다. 결론을 제시하기 전에 주제와 결론에 이르게 된 경위를 제시하면서 문제제기와 함께 문제의식을 불러일으켜야 한다. 이것은 청자의 궁금증과 호기심을 자극하며 프레젠테이션에 적극적으로 참여할 수 있는 계기를 마련해 준다.

본론은 본격적인 증명의 단계이다. 서론에서 제기한 문제와 지향점에 맞추어 구성한다. 이때 각종 자료, 데이터, 의견, 실례, 사진, 이미지, 그림 등의 구체적 사실들이 근거로 활용되는데, 적절한 근거 자료들을 수집하고 선별하여 주제를 논증해 나갈 수 있도록 해야 한다.

결론은 정리 단계이다. 본론에서 밝힌 내용을 요약하고 재확인하며 강조한다. 프레젠테이션의 마지막 단계인 만큼 청중의 주의를 환기시키고 다시 집중하고 확인할 수 있도록 해야 한다.

4 시간을 단계별로 나누어라. 서론, 본론, 결론을 구성할 때, 프레젠테이션의 길이를 정해야 한다. 한 장면을 설명하는 데 1분을 넘지 말아야 한다. 그러기 위해서는 한 장에 너무 많은 정보를 담지 말고 항목별로 세분하여 구성해야 한다.

5 정보를 시각화하라. 프레젠테이션의 가장 큰 장점은 시각적인 정보들을 활용해 이해를 돕고 흥미를 촉발한다는 점이다. 많은 말과 문자를 나열하여 설득하는 것보다 그림이나 도표 등을 활용하여 시각적으로 호소하라. 그래야 한눈에 알아볼 수 있고 기억에도 오래 남는다. 시각적 도구에는 컴퓨터, 프로젝터, 화이트보드, 슬라이드, 차트, 표, 그림, 색채, 영상물 등 다양하다.

6 질문에 대비하라. 발표자는 청중들이 제기할 질문을 미리 예측하여 대비해야 한다. 돌발적인 질문에 대비하지 못하면 발표를 잘하고도 감점을 당할 수 있다.

7 파워포인트를 활용하라. 파워포인트란 프레젠테이션 문서를 작성하는 프로그램 도구이다. 파워포인트를 이용해 만든 화면을 스크린에 투사하여 사용할 경우 프레젠테이션의 효과를 높일 수 있는 장점이 있다.

파워포인트를 활용하기 위해서는 슬라이드, 다이어 그램, 디자인 서식 등과 같은 기본적인 기능을 숙지해야 한다. 실제로 파워포인트를 작성할 때, 가장 중요한 점은 콘셉트에 따라 내용을 구성하는 것이다. 가장 효과적으로 전달할 수 있는 콘셉트에 맞게 내용을 구성해야 한다. 3~4가지 이상의 색을 사용할 경우 산만해 보일 수 있으므로 색상 선택에도 신중해야 한다.

그 외 미리 발표 예행연습을 해보고, 의상 및 태도를 점검해야 한다. 발표 내용은 정확하게 전달되는지, 태도에 문제는 없는지 확인한 후 발표에 임해야 한다.

● 프레젠테이션 계획서

대 상	
개최 일시	
주 제	
발표자	
목적 · 목표 □설득 □설명 □오락 □기타	예 : 무엇을 위해 프레젠테이션을 하는가? 전달하고 싶은 중요 메시지, 이해해 주기, 바라는 것 등
목표상	프레젠테이션의 목표상이 무엇인지 5W 2H로 명 확히 표현한다. 제 1 목표 : 제 2 목표 : 최종 목표 :

포트폴리오는 의미 있는
삶의 흔적이다

포트폴리오(portfolio)란 이탈리아어로 portafoglio(라틴어 portere(나르다)+follum(잎사귀) = 종이를 나르는 것)라는 단어에서 유래한 용어이다. 오늘날 전문직이나 기술 분야에서는 "작품을 특정한 목적을 위해 묶어 놓은 것"을 지칭하는 의미로 사용되고 있다.

포트폴리오는 전문적인 직업과 기술을 전시하기 위한 목적으로 디자인, 건축, 미술 등의 특정 분야 및 직업 등에서 활용되어 왔으며, 교육 분야에서는 자기 평가를 포함한 수행평가의 도구로 활용되고 있다. 포트폴리오는 과거 자신이 어떤 작업을 해왔으며 현재 하고 있는 일과 미래를 계획하는 기록물이다. 또한 자신을 다른 사람에게 소개할 수 있는 커뮤니케이션 도구로서 기능한다.

최근에 들어 포트폴리오는 취업과 진학준비에 큰 비중을 차지하고 있다. 왜냐하면 지원 분야는 한정되어 있고 지원자는 넘쳐나고 있기 때문이다. 포트폴리오는 더 이상 작업의 기록에 그치는 것이 아닌 그 사람 자체를 대신하기도 한다. 상대방은 포트폴리오를 통해서 나의 작품세계, 성향, 문제의식, 표현능력, 성장 가능성 등을 총체적으로 판단한다. 특정 분야에서 요구되었던 포트폴리오는 그 사용 범위가 확대되어 개인의 개성과 장점을 보여주기 위한 도구로도 활용되고 있다.

대학에서는 작품을 만들어 가는 과정에서 학생의 능력이 발전하는 모습을 보여주는 수행평가의 주요 평가방법으로 널리 활용되고 있다. 또한 결과물에 대한 판단근거로써 "진로목표를 위해 발전 양상을 보여주는 성취물로써 장기적으로 학생이 관리한 수집물" 또한 "개인의 직업능력을 가장 잘 표현할 수 있는 문서들이나 운반하기 쉬운 작품들을 모아놓은 것"으로 활용되기도 한다. 이를 '커리어 포트폴리오(career portfolio)'라고 부른다.

커리어 포트폴리오는 개인의 능력을 효율적으로 시각화하여 보여줌으로써 지원자의 합격을 돕는 자료라고 할 수 있다. 따라서 포트폴리오를 자신의 작품 목록으로 이해하기보다는 어떤 목적으로 활용할 것인가를 정한 후, 목적에 맞는 포트폴리오를 작성해야 한다. 진학을 위한 것인지, 취업을 위한 것인지, 프리랜서용인지에 따라 구성물의 내용이 달라질 수 있다.

포트폴리오를 제작하기 위해서는 그동안 작업한 작품을 열거하며 자신의 작품 스타일이 어떠했는지를 검토한다. 그동안의 작업이 자신의 콘셉트에 부합된다면, 다음 단계의 작품을 잘 보여줄 수 있는 방법을 고려할 수 있다. 그러나 기존의 작업과 다른 분야로 진출을 원한다거나 미흡할 경우에는 목적에 맞도록 포트폴리오 자체를 디자인할 수 있는 방법을 고안해야 한다.

작품을 검토한 후 포트폴리오의 형식과 콘셉트를 정한다. 콘셉트(concept)란 자신의 철학과 작품을 효과적으로 보여줄 수 있는 주제를 이른다. 이를 토대로 디자인의 레이아웃이나 형태, 재료를 선택할 수 있다.

포트폴리오의 형식과 콘셉트가 정해졌다면, 이에 부합되는 작품을 선별하고, 적합한 이미지를 준비해야 한다. 작품선택은 분야별, 매체별, 또는 연대별로 배열한다. 그중 제외시킬 작품을 선별하고, 작품의 편집 순서를 정한다. 이때 주제에 따라 정해지거나, 작품의 중요도, 포트폴리오의 주제에 따라 강약의 흐름 등을 고려하여 정하면 된다.

포트폴리오는 바인더북, 책자와 같은 출력물 형태로 제작되는 경우가 대부분이다. 실제로 제작된 인쇄물은 원본 그대로 사용하는 것이 좋다. 오래되었거나 상태가 안 좋은 것은 다시 출력하여 보관하고, 원본은 항상 보관하고 있어야 한다. 자료 제출시 원본 제출을 요구하는 경우가 많기 때문이다.

입체 작업물의 경우, 촬영에 주의를 기울이고 도면이나 보조적인 이미지를 추가하면 이해에 도움을 줄 수 있다. 입체 포트폴리오 속에 그 작품의 사진과 제목, 해설을 포함하고 반드시 작품의 바닥에 표기하거나 보조적인 표기물을 첨부한다.

영상 작업물이 많을 경우, 짧게 재편집하여 한 편의 모음집으로 만든다. 영상은 작동을 위한 도구가 필요하므로 가장 일반적인 형식으로 제작해야 한다. 영상물은 줄거리, 스토리보드를 포트폴리오에 추가한다. 홈페이지나 웹 애니메이션은 파일 전체를 CD에 수록하고 메인 페이지 등 주요 화면을 인쇄하여 수록한다.

특별한 목적이 없더라도 자신이 어떻게 학교생활을 하고 있는지에 관한 객관적 자료 확보 차원에서 그동안 제출한 과제를 모아보면 자신의 대학생활을 한눈에 파악할 수 있다. 이는 포트폴리오 작성이 특정 목적뿐만 아니라 과정도 중요한 대상이 될 수 있다는 것을 보여준다.

모든 업적물은 한 번에 한 영역씩 작성한다. 작성 날짜를 기입하고, 작성 후에 찾아보았을 때도 알아 볼 수 있도록 목록화하여 정해 두면 편리하다. 작성한 내용은 클리어 파일이나 사물함 등에 잘 보관한다. 그 밖에 커리어 포트폴리오에 취업 관련 서류(국문 이력서, 영문

이력서, 자기소개서 등)도 작성하여 함께 두었다가 실제
취업시 수정, 보완하여 활용한다.

● 취업할 회사 조사

_____ 년 _____ 월 _____ 일

학교명 : _____   학부 및 전공분야 : _____

학년 : _____   이름 : _____

■ 대학을 졸업하고 취업하고 싶은 분야 또는 구체적인 회사의 정보를 알아보자.

취업하고 싶은 분야	
취업하고 싶은 회사명	
일하고 싶은 회사 내 조직(업무)	
회사의 채용 분야 및 기준	
회사의 채용 시기	
채용을 위해 준비할 사항	

● 위에 적은 회사의 특징을 생각할 때, 정말 취업하고 싶은 회사인가? 그렇다면 장래 취업을 위해 지금 준비해야 할 것은 무엇인지 작성해 보라.

● 나의 성취 기록

_____ 년 _____ 월 _____ 일

학교명 : _____ 학부 및 전공분야 : _____

학년 : _____ 이름 : _____

■ 학교 수업시간이나 대회에서 작품(시, 그림, 조각 등)을 만든 경험이 있다면 작품의 내용을 적고, 받은 상장이 있다면 함께 보관해 둔다.

자격증	수상 경력	작품
명칭 · 종류	수상명	명칭
번호 · 내용	등급(위)	작품설명
취득 날짜	수상 날짜	만든 날짜
발급기관	수여기관	장소(기관)
느낀 점	느낀 점	느낀 점

　학생들의 리포트를 받았을 때 느껴지는 첫인상은 자기가 쓴 글의 핵심이 무엇인지 알고 있는가 하는 의구심이다. 학생들이 제출한 과제는 제법 그럴 듯하게 보이지만, 꼼꼼하게 읽어보면 다른 사람이 해놓은 연구를 정리하거나, 앞뒤 맥락이 다른 부분을 발췌하여 연결해 놓는 경우가 많다. 이럴 때 무척 난감하다.

　한 편의 글은 주제를 향해 구성되어 있다. 다른 사람의 글을 인용할 때는 전체 글의 주제와 맥락을 알아야 한다. 문장만 따오지 말고, 문맥을 보고 적절성을 파악한 후에 제시해야 한다. 학생들이 저지르는 문제를 다음 여섯 가지로 유형화해 보았다. 이 글을 읽는 학생들도 자신이 어디에 해당하는지 찾아보고 그게 맞는 해결방법을 함께 생각해 보자.

대학생 리포트, 이것이 문제다

1 게으른 농부형

남들이 밭을 갈 때 쉬고, 씨 뿌릴 때 놀고, 잡초도 뽑지 않은 채 앉아서 결실만 바라는 게으른 농부형의 학생들은 결국 아무것도 얻지 못하고 허송세월만 보낸다. 과제 제출 기일은 다가오고, 준비된 것은 없으니 남의 것을 훔치거나 빌려 올 수밖에 없다. 가장 흔한 경우는 인터넷에 떠도는 자료를 복사해서 제출하는 것이다. 누구나 키워드만 검색해도 볼 수 있는 자료를 제출하는 것은 점수와 공부를 포기했다고밖에 볼 수 없다.

2 공리주의자형

그들은 최소의 투자로 최대의 효과를 기대한다. 가령 최소 몇백 원에서 몇천 원대의 금액을 지불하고 좋은 학점을 받은 다른 학생의 리포트를 사서 제출한다. 평소 자신이 수업 때 보인 태도나 글쓰기를 통해 드러난 실력을 이미 알고 있는데 남의 글을 제출하는 것은 양심의 문제이다.

3 돈키호테형

과제의 의도를 전혀 파악하지 못하고 제멋대로인 학생들이 많이 있다. 좌충우돌 제멋대로 과제를 해석하고 쓰고 싶은 대로 요구사항을 충족시키지 못한 학생의 글은 어디서부터 고쳐주어야 할지 난감하다. 이 경우에는 주제문 작성을 연습하면 도움이 된다.

4 햄릿형

자료도 많이 찾아보고 생각도 많이 하지만, 정작 핵심을 찾지 못해 우왕좌왕 방향을 잃고 글을 산만하게 쓰는 학생들이 여기에 속한다. 햄릿형 학생들은 글의 순서와 구성 방법만 가르쳐 주어도 글이 눈에 띄게 좋아진다.

5 앵무새형

그들은 논의에 대한 진전 없이 같은 말만 반복한다. 여기에 속한 학생들은 한 가지 사실에 매달려 표현만 바꿔가며 같은 내용을 반복해서 쓴다. 주제의 본질을 찾지 못한 대부

대학생 리포트, 이것이 문제다

분의 학생들이 여기에 해당된다. 이때 문제를 해결하기 좋은 방법은 개요를 작성해 보는 것이다.

6 무법자형

그들은 주제 파악은 물론 맞춤법, 띄어쓰기, 문장 구성 등 모든 규칙을 무시한다. 여기에 해당하는 학생은 사실 글쓰기 자체의 원리와 방법을 전혀 모르는 경우가 태반이나. 차근차근 문장의 규칙과 원리를 기초부터 익히면 조금씩 나아질 수 있다.

부록

Ⅰ. 알아두면 좋을 바른 표현과 어문 규정

Ⅱ. 복불복 추천도서

틀리기 쉬운 '맞춤법'

~이	부사의 끝음절이 '이'로만 나는 경우 ① 명사나 부사 뒤 ② 'ㅅ' 받침이나 불규칙 용언의 어간 뒤 ③ '~하다'가 붙지 않는 용언의 어간 뒤 예) 깨끗이/버젓이/틈틈이/일일이/번번이/가까이/ 곰곰이/누누이
~히	부사의 끝음절에 '~히'가 붙는 경우 ① '~하다'가 붙은 어근 뒤 ② 어원적으로 '~하다'가 붙지는 않으나 본뜻에서 멀어져서 '히'로 발음이 굳어진 경우 예) 꾸준히/성급히/변변히/빈번히/솔직히
~든지	물건이나 일의 내용을 가리지 아니하는 뜻을 나타내 는 조사의 어미는 ~든지로 적는다. 예) 배든지 사과든지/끝내든지 말든지
~던지	어떤 막연한 사실로 지금의 어떤 사실을 유추할 때 예) 얼마나 춥던지 얼어 죽는 줄 알았다.
~(으)러	그 동작의 목적을 표시하는 어미로 쓰인다. 예) 그 사람을 찾으러 간다. 공부하러 방으로 들어간다.
~(으)려	그 동작을 하려는 의도를 표시하는 어미로 쓰인다. 예) 서울에 가려 한다. 새를 잡으려 한다.

~(으)로서	어떤 지위나 신분, 자격을 가진 입장을 나타내는 조사로 쓰인다. 예) 한 시민으로서/학생으로서
~(으)로써	재료, 수단, 방법을 나타내는 조사로 쓰인다. 예) 닭으로써 꿩을 대신한다.
~에	무생물이나 식물을 가리키는 체언 아래 쓰여 행동이 미치는 상대방을 나타내는 부사격 조사이다. 예) 나무에 물을 주다./기업에 손해가 나지 않도록 하라!
~에게	사람이나 동물에게 쓰인다. 예) 철수에게 물어 보아라!/돼지에게 먹이를 주어라!
너머	높이나 경계로 가로막은 사물의 저쪽, 또는 그 공간이라는 뜻을 가진 명사 예) 고개 너머/저 너머
넘어	동사 '넘다'에 어미 '~어'가 연결된 것으로 동작을 나타낸다. 예) 국경을 넘어 갔다./산을 넘어 집으로 갔다.
데로	장소를 나타내는 '곳'으로 바꿀 수 있는 경우를 쓴다. 예) 한적한 데로 가서 얘기하자.
대로	'그 모양으로', '~을 좇아서', '~하는 바와 같이', '만큼'을 나타내는 의존명사 '그와 같이'를 나타내는 비교격 조사 예) 본 대로 말해라./좋을 대로 하시오.

헷갈리는 '사이시옷'

순 우리말로 된 합성어로서 앞말이 모음으로 끝난 경우	뒷말의 첫소리가 된소리로 나는 것 예) 귓밥/나룻배/나뭇가지/냇가/맷돌/머릿기름/모깃불/바닷가/부싯돌/선짓국/쇳조각/아랫집/잿더미/조갯살/찻집/쳇바퀴/핏대/햇볕/혓바늘
	뒷말의 첫소리 'ㄴ, ㅁ' 앞에서 'ㄴ' 소리가 덧나는 것 예) 아랫니/아랫마을/뒷머리/잇몸/냇물/빗물
	뒷말의 첫소리 모음 앞에서 'ㄴㄴ' 소리가 덧나는 것 예) 뒷윷/두렛일/뒷일/뒷입맛/베갯잇/깻잎/나뭇잎/댓잎
순 우리말과 한자어로 된 합성어로서 앞말이 모음으로 끝난 경우	뒷말의 첫소리가 된소리로 나는 것 예) 귓병/샛강/아랫방/자릿세/전셋집/찻잔/탯줄/텃세/핏기/햇수
	뒷말의 첫소리 'ㄴ, ㅁ' 앞에서 'ㄴ' 소리가 덧나는 것 예) 곗날/제삿날/훗날/툇마루/양칫물
	뒷말의 첫소리 모음 앞에서 'ㄴㄴ' 소리가 덧나는 것 예) 가욋일/사삿일/예삿일/훗일
두 음절로 된 한자어	다음 6개 한자어에만 사이시옷을 허용하고, 그 외의 모든 한자어 합성어에는 사이시옷을 넣지 않는다. 예) 곳간(庫間)/셋방(貰房)/숫자(數字)/찻간(車間)/툇간(退間)/횟수(回數)

224

앗! 나의 실수 '띄어쓰기'

조사는 반드시 앞 말에 붙여 쓴다.	예) 학교에/너하고/그만큼/돈은커녕/그야말로/너밖에는/바보처럼/좋은데/하나씩/그쯤은/집에서부터
의존명사는 앞 말과 띄어 쓴다.	① 모든 성분으로 두루 쓰이는 의존명사 예) 갈 데가 없다./너 따위는 따라올 수 없어. ② 주로 주어로 쓰이는 의존명사 예) 그가 떠난 지/어쩔 수 없이/더할 나위 없이 ③ 주로 서술어로 쓰이는 의존명사 예) 기쁠 따름이다/그럴 테지/모른 척하다/아는 체하지 마 ④ 주로 부사어로 쓰이는 의존명사 예) 주는 대로 먹어라./그린 줄도 모르고
숫자에 단위를 나타내는 명사를 쓸 때는 띄어 쓰는 것이 원칙이다.	순서를 나타낼 때나 아라비아숫자와 같이 쓸 경우, 그리고 한자어 숫자는 붙여 쓴다. 예) 한 가지/서너 개/첫째/셋째/제일과/100원/8미터
등, 내지, 겸, 및, 대는 모두 띄어 써야 한다.	예) 열 내지 스물/국장 겸 실장/청군 대 백군/선생님 및 제자들
한 음절로 된 단어가 연속해서 나타날 때는 붙여 써도 된다.	예) 그때 그곳(그 때 그 곳)/좀더 큰 것(좀 더 큰 것)/이곳 저곳(이 곳 저 곳)/벼 한섬(벼 한 섬)/한잎 두잎(한 잎 두 잎)

보조용언은 본용언과 띄어 쓰는 것이 원칙이지만 경우에 따라서는 붙여 써도 된다.	단, 보조용언 '~지다, ~들다'는 반드시 붙여 써야 한다. 예) 그 일은 할만하다(그 일은 할 만하다)/비가 올듯하다(비가 올 듯하다)/도와주다(도와 주다)/깨버리다(깨 버리다)/좋아하다(좋아 하다)/해야한다(해야 한다)/줄어들다/스머들다/슬퍼지다/같아지다
용언의 어간에 붙어 어미처럼 굳어진 단어는 붙여 쓴다.	예) ~할수록/~할망정/~할거야/ 가자마자/굶을 지언정/참다못해
성과 이름, 성과 호 등은 붙여 쓴다.	다만, 이에 덧붙는 호칭이나 관직명은 띄어 써야 한다. 성과 호를 분명히 해야 할 경우엔 띄어 써도 된다. 예) 김대중 대통령/김동길 교수/홍길동 씨/황보 관 선수
고유명사, 전문용어는 단어별로 띄어 쓰는 것이 원칙이지만 붙여 쓰는 것도 허용된다.	예) 서울대학교(서울 대학교)/수학능력시험(수학 능력 시험)/만성신부전증(만성 신부전증)/중거리유도탄(중거리 유도탄)/국제통화기금(국제 통화 기금)/국제관계(국제 관계)
명사나 명사의 성질을 가진 말에 '~없다'를 붙여 합성할 때는 대개 붙여 쓴다.	예) 어림없다/거침없다/틀림없다/필요없다/별 수없다/어처구니없다

자주 틀리는 표현

다르다	비교 대상이 있을 경우 서로 같지 않을 때 쓰인다. 예) 내 생각은 너와 조금 달라!
틀리다	잘못되거나 안 맞을 경우에 쓰인다. 예) 2번 문제 틀렸네.
부치다	편지나 짐을 보낼 때, 힘에 겨워 남에게 떠넘길 때, 그리고 바람을 일으킬 때 등에 쓰인다. 예) 편지를 부치다./힘에 부치다./불문에 부치다./부채를 부치다.
붙이다	서로 떨어지지 않게 할 때나 어떤 일에 자기의 의견을 덧붙일 경우 등에 쓰인다. 예) 일을 밀어붙이다./팔을 걷어붙이다.
바라다	'~하기를 원한다'라는 의미일 때는 바라다를 쓴다(명사형은 바램이 아닌 바람이다).
바래다	'색깔이 바래다'란 의미에 쓰인다.
못 하다	'못'은 부사로서 일반적으로 뒤에 오는 동사를 꾸며 움직임을 부정하는 뜻을 나타낸다. 이럴 경우에는 띄어 써야 한다. 예) 영희는 그 모임에 참여 못 해!

못하다	움직임이나 상태가 일정한 수준에 이르지 않다는 의미를 일컬을 때는 붙여 써야 한다. 예) 형이 동생만 못하다.
안 하다	'안~'은 '아니'의 줄임말로 용언 앞에서 부정 또는 반대의 뜻을 나타내는 부사어로 쓰인다. 예) 공부를 안 할 수가 없다.
않다	'않~'은 '아니하다'의 어간 '아니하~'가 줄여서 된 말로 형용사 아래 쓰여 부정의 뜻을 나타내는 보조용언이다. 예) 너의 태도를 고치지 않는 한 다시 만날 수 없다.
알맞는	'알맞다'는 형용사이기 때문에 동사에 붙어 진행을 나타내는 '~는'을 붙일 수가 없다.
알맞은	형용사에는 대신 움직임의 진행을 나타내는 ~은'이 붙는다. 예) 다음 중 알맞은 답을 고르시오.
왠	이유를 뜻하는 '왜'에 'ㄴ(이)ㄴ지'가 결합해 굳어진 부사 예)왠지 쉽더라.
웬	'어찌 된, 어떠한'의 뜻을 가진 관형사 예) 웬 사람이니?
반대로	'두 사물이 모양, 위치, 방향, 순서 따위에서 등지거나 서로 맞섬으로'와 '어떤 행동이나 견해, 제안 따위에 따르지 않고 맞서 거슴으로'의 뜻 예) 많은 사람들의 반대로 부결되었다.

거꾸로	'차례나 방향 또는 형편 따위가 반대로 되게' 라는 뜻 예) 옷을 거꾸로 입다.
한참	'두 역참 사이의 노정', '일을 하거나 쉬는 동안의 한 차례'를 의미한다. 예) 한참 쉬었다 하자.
한창	'가장 성하고 활기가 있을 때'라는 명사로 쓰이거나 '가장 활기가 있는 모양'을 나타내는 부사어로 쓰인다. 예) 한창 나이/한창 때
그리고	문장이나 구, 절, 단어 등을 연결시킬 때 쓰는 말, '그리하다'라는 자동사에서 부사로 전성한 말 예) 사과를 가져오너라./그리고 접시도 가져오고.
그러고	'그렇게 하고'의 뜻으로 '그러하다'라는 형용사에서 전성된 말. 예) 그녀는 예쁘다./그러고 그는 씩씩하다.
ㄹ 런지	우리말에 'ㄹ 런지'란 어미는 없으며, '받침 없는 말에 붙어 장래의 일이나 현재의 추측을 나타내는 어미로 'ㄹ 는지'를 쓴다. 예) 일을 시간 안에 다 할 수 있을는지?

올바른 외래어 표기

원 어	올바른 표기	잘못된 표기
gas	가스	까스
catholic	가톨릭	카톨릭
gips	깁스	기브스
nonsense	난센스	넌센스
napkin	냅킨	내프킨
network	네트워크	네트웍
news center	뉴스 센터	뉴스 센타
dial	다이얼	다이알
documentary	다큐멘터리	다큐멘타리
data	데이터	데이타
doughnut	도넛	도너츠
Dvorak	드보르자크	드보르작
Las Vegas	라스베이거스	라스베가스
lemon juice	레몬 주스	레몬 쥬스
radar	레이더	레이다
leisure	레저	레져
repertory	레퍼토리	레파토리
rent-a-car	렌터카	렌트카
romance	로맨스	로멘스
robot	로봇	로보트
Roosevelt	루스벨트	루즈벨트

원 어	올바른 표기	잘못된 표기
leadership	리더십	리더쉽
report	리포트	레포트
Marylin Monroe	매릴린 먼로	마를린 먼로
message	메시지	메세지
montage	몽타주	몽타쥐
Mumbai	뭄바이	봄베이
mistery	미스터리	미스테리
milk caramel	밀크캐러멜	밀크 카라멜
barbecue	바비큐	바베큐
badge	배지	뱃지
battery	배터리	밧데리
bus	버스	뻐스
buffet	뷔페	부페
block	블록	블럭
biscuit	비스킷	비스켓
vision	비전	비젼
business	비즈니스	비지니스
Samuel Beckett	사뮈엘 베케트	새뮤얼 베킷
santa claus	산타클로스	싼타 클로스
sandal	샌들	샌달
salad	샐러드	사라다

원 어	올바른 표기	잘못된 표기
sausage	소시지	소세지
sofa	소파	쇼파
show window	쇼윈도	쇼 윈도우
soup	수프	스프
super market	슈퍼마켓	수퍼마켓
stainless	스테인리스	스텐레스
syndrome	신드롬	신디롬
symposium	심포지엄	심포지움
analogue	아날로그	아나로그
amateur	아마추어	아마츄어
accent	악센트	액센트
aluminium	알루미늄	알미늄
Anthony	앤서니	안소니
accessory	액세서리	악세사리
observer	옵서버	옵저버
workshop	워크숍	워크샵
internet	인터넷	인터네트
juice	주스	쥬스
chocolate	초콜릿	초콜렛
counselor	카운슬러	카운셀러
catalog	카탈로그	카타로그

원 어	올바른 표기	잘못된 표기
carpet	카펫	카페트
caramel	캐러멜	카라멜
carol	캐럴	캐롤
cabinet	캐비닛	캐비넷
cunning	커닝	컨닝
cover	커버	카바
curtain	커튼	커틴
coffee shop	커피 숍	커피 샵
color	컬러	칼라
christian	크리스천	크리스찬
crystal	크리스털	크리스탈
climax	클라이맥스	클라이막스
towel	타월	타올
talent	탤런트	탈렌트
file	파일	화일
pamphlet	팸플릿	팜플렛
Pennsylvania	펜실베이니아	팬실베니아
premium	프리미엄	프레미엄
plastic	플라스틱	플래스틱
flash	플래시	후래쉬
placard	플래카드	프랑카드

대학생이 읽어야 할 130선

책을 고르는 방법은 순서, 주제와 상관없이 끌리는 대로 읽고 확인란에 표시하면 된다. 독서에 따로 순서가 정해져 있는 것은 아니다. 마음껏 보고 싶은 대로 흥미로운 책부터 읽어라. 책을 읽고 싶은데 무슨 책을 읽어야 할지 막막할 때 활용하면 좋다. 제목이 좋을 수 있고, 지은이의 이름을 들어보았거나, 여러 사람이 추천한 책일 수도 있다. 어떤 이유라도 좋다. 무조건 읽어라!

선택한 책이 어렵거나 진행이 더디거든 과감히 다음 기회로 넘기고 읽을 수 있는 책부터 읽어라. 서서히 책 읽기가 익숙해지면 그때부터는 도전정신을 가지고 정복한다는 기분으로 포기하지 말고 읽어 나가도 늦지 않다.

자신이 읽은 책의 내용을 오랫동안 기억하고 싶거나 다음에 과제를 할 때 활용하고 싶다면 중요한 내용을 메모하거나 핵심어를 정리해도 좋다.

책을 읽었을 때 자신의 생각이나 느낌, 당시의 기분, 상황 등을 기록해 두고 싶다면 감상문을 작성해 보는 것도 좋은 방법이다.

지은이	책 제목	확인
E.곰브리치	예술과 환영	☐
E.H.카	역사란 무엇인가	☐
가브리엘 마르케스	백년 동안의 고독	☐
게르드 브란튼베르그	이갈리아의 딸들	☐
공지영	우리들의 행복한 시간 네가 어떤 삶을 살든 나는 너를 응원할 것이다	☐
구로야나기 테츠코	창가의 토토	☐
구효서	저녁이 아름다운 집	☐
권여선	사랑을 믿다	☐
김경욱	위험한 독서	☐
김구	백범일지	☐
김려령	완득이	☐
김소진	자전거 도둑	☐
김연수	네가 누구든 얼마나 외롭든	☐
김우창, 문광훈	세 개의 동그라미	☐
김원일	마당 깊은 집	☐
김종철	간디의 물레	☐
김창남	대중문화의 이해	☐
김형경	사람 풍경	☐
김훈	칼의 노래	☐
나쓰메 소세키	도련님	☐
니체	짜라투스트라는 이렇게 말했다	☐
다니엘 바렌보임	평행과 역설	☐

지은이	책 제목	확인
다이허우잉	연인아 연인아	☐
댄 브라운	다빈치 코드 (1, 2권)	☐
더글러스 러미스	경제성장이 안 되면 우리는 풍요롭지 못할 것인가	☐
데즈먼드 모리스	털없는 원숭이 : 동물학적 인간론	☐
레비 스트로스	슬픈 열대	☐
레이먼드 스멀리언	이 책의 제목은 무엇인가?	☐
레이먼드 카버	사랑에 대해서 말할 때 우리들이 하는 이야기	☐
로맹 가리	새들은 페루에 가서 죽다	☐
로버트 루트번스타인	생각의 탄생	☐
로버트 치알디니	설득의 심리학	☐
로버트 커슨	기꺼이 길을 잃어라	☐
로저 마틴	생각이 차이를 만든다	☐
루스 베네딕트	국화와 칼	☐
루쉰	광인일기	☐
리오 휴버먼	자본주의 역사 바로알기	☐
리처드 파인먼	파인만의 여섯가지 물리 이야기	☐
무라카미 하루키	해변의 카프카 세계의 끝과 하드보일드 원더랜드	☐
미치 앨봄	모리와 함께한 화요일	☐
미하엘 엔데	모모	☐
밀턴 프리드먼	화폐 경제학	☐
바스콘셀로스	나의 라임 오렌지나무	☐

지은이	책 제목	확인
박경리	토지 (전 21권)	☐
박민규	삼미 슈퍼스타즈의 마지막 팬클럽	☐
박성래	한국인의 과학정신	☐
박완서	그 많던 싱아는 누가 다 먹었을까	☐
박용준 외	꿈을 살다	☐
버지니아 울프	자기만의 방	☐
법정	아름다운 마무리	☐
베르나르 베르베르	나무, 개미	☐
빌 게이츠	빌게이츠@ 생각의 속도	☐
빌 브라이슨	거의 모든 것의 역사	☐
성석제	황만근은 이렇게 말했다	☐
쇼펜하우어	사랑은 없다	☐
수전 손택	타인의 고통	☐
스콧 피츠제럴드	위대한 게츠비	☐
시오노 나나미	로마인 이야기 (전 15권)	☐
신경림	시인을 찾아서 (1, 2권)	☐
신경숙	엄마를 부탁해	☐
신영복	감옥으로부터의 사색	☐
실벵 다르니 외	세상을 바꾸는 대안기업가 80인	☐
심윤경	나의 아름다운 정원	☐
아르놀트 하우저	문학과 예술의 사회사	☐
아멜리 노통	살인자의 건강법	☐
알랭 드 보통	왜 나는 너를 사랑하는가	☐

지은이	책 제목	확인
앨빈 토플러	제3의 물결	☐
에드워드 사이드	오리엔탈리즘	☐
에리히 프롬	사랑의 기술, 소유냐 존재냐	☐
오르한 파묵	내 이름은 빨강 (1, 2권)	☐
오쿠다 히데오	공중그네	☐
오토다케 히로타다	오체불만족	☐
올더스 헉슬리	멋진 신세계	☐
요슈타인 가아더	소피의 세계	☐
요시모토 바나나	키친	☐
움베르코 에코	장미의 이름	☐
위화	허삼관 매혈기	☐
유미리	골드러시	☐
윤대녕	천지간	☐
은희경	새의 선물	☐
이기호	갈팡질팡하다가 내 이럴 줄 알았지 사과는 잘해요	☐
이문구	관촌수필	☐
이석우	예술혼을 사르다 간 사람들 : 전환기 한국 미술가 13인의 삶과 예술	☐
이승우	오래된 일기	☐
이왕주	철학, 영화를 캐스팅하다	☐
이은희	하리하라의 과학고전 카페 (1, 2권)	☐
이인화	영원한 제국	☐
이주은	그림에, 마음을 놓다	☐

지은이	책 제목	확인
이청준	눈길	☐
인권운동 사랑방 사회권위원회	인간답게 살 권리	☐
임경순	20세기 과학의 쟁점	☐
자와할랄 네루	세계사 편력	☐
장하준	나쁜 사마리아인들 쾌도난마 한국경제	☐
장회익	공부도둑	☐
정미경	밤이여, 나뉘어라	☐
정민	미쳐야 미친다	☐
제러미 리프킨	노동의 종말	☐
제임스 러브록	가이아의 복수	☐
제임스 왓슨	이중나선	☐
제임스 프레이저	황금가지	☐
조세희	난쟁이가 쏘아올린 작은 공	☐
조셉 캠벨	신화의 힘	☐
장 베르트랑 아리스티드	가난한 휴머니즘	☐
장영희	살아온 기적 살아갈 기적	☐
장 폴 사르트르	지식인을 위한 변명	☐
조영래	전태일 평전	☐
조정래	태백산맥 (전 10권)	☐
존 L. 하일브론	막스 플랑크	☐
진중권	미학 오디세이	☐

지은이	책 제목	확인
최순우	무량수전 배흘림기둥에 기대서서	☐
최인훈	광장	☐
칼 포퍼	열린사회와 그 적들	☐
커스틴 셀라스	인권, 그 위선의 역사	☐
콜린 맥콜로우	가시나무새	☐
키토 아야	1리터의 눈물	☐
토니 모리슨	가장 푸른 눈	☐
토드 부크홀츠	죽은 경제학자의 살아있는 아이디어	☐
트레이시 슈발리에	진주 귀고리 소녀	☐
파울로 코엘료	연금술사, 베로니카 죽기로 결심하다	☐
파트리크 쥐스킨트	좀머 씨 이야기	☐
포리스트 카터	내 영혼이 따뜻했던 날들	☐
필리브 브르노	천재와 광기	☐
하성란	곰팡이꽃	☐
하퍼 리	앵무새 죽이기	☐
한국역사 연구회 고대사 분과	한국고대사산책	☐
한비야	바람의 딸 걸어서 지구 세 바퀴 반 그건, 사랑이었네	☐
한스 페터 마르틴 외	세계화의 덫	☐
할레드 호세이니	천 개의 찬란한 태양	☐
헬레나 노르베리 호지	오래된 미래 : 라다크로부터 배우다	☐
황석영	오래된 정원	☐